適菜 収

小林秀雄の警告

近代はなぜ暴走したのか？

講談社+α新書

はじめに　ものが見える人たち

小林秀雄（一九〇二～八三年）は誰でも知っている有名な批評家ですが、具体的になにをやった人なのかはあまり知られていないのではないでしょうか？

かなりの読書家でも、「そういえば昔『考えるヒント』を読んだなあ」という程度の人は多い。乱暴を承知の上で小林の仕事を三行にまとめるとこうなります。

一、われわれ近代人は目の前にあるものが見えなくなってしまっている。
二、だから世界も歪んで見える。
三、そこでこの問題の仕組みを批評により明らかにする。

本書の目的も同じです。
小林の仕事を振り返ることで、「世界」について考えることです。
目の前にある石ころが見えなければ、つまずいて、転んでしまう。

あらゆる選択を間違えてしまう。

結局何もわからずに一生を終えることになる。

一方、小林の目は見えすぎるほど見えていました。

小林はそんな自分の目が不思議で仕方がなかった。

だから、自分と同じようにいろいろなものが見えてしまう人たちのことが気になった。

小林の批評の対象は「ものが見えていた」人たちです。

詩人のアルチュール・ランボー（一八五四～九一年）は、普通の人間には見えないものを「見て」しまった。

作曲家のヴォルフガング・アマデウス・モーツァルト（一七五六～九一年）は、普通の人間には聞こえない音を「聞いて」しまった。

画家のフィンセント・ファン・ゴッホ（一八五三～九〇年）やクロード・モネ（一八四〇～一九二六年）は、「見た」ものをそのまま描いた。

哲学者のアンリ・ベルグソン（一八五九～一九四一年）や国学者の本居宣長（一七三〇～一八〇一年）は、言葉の背後にある広大な世界を凝視した。

小林は近代の構造により覆い隠された領域を批評の対象としました。

だから、われわれ近代人には小林の仕事が「見えて」こないのでしょう。

小説家の三島由紀夫（一九二五～七〇年）は小林の思想の真髄を正確に理解し、こう評しました。

あらゆるばかげた近代的先入観から自由である結果、近代精神の最奥の暗所へ、づかづかと素足で踏み込むことのできた人物。

——「小林秀雄氏頌」


小林は近代の仕組みに気付いていた。

われわれは病んだ世界、転倒した世界に住んでいる。

だから、もう一度、常識を取り戻さなければならない。

「近代的先入観」とはなにか？

「近代精神の最奥の暗所」とはなにか？

小林はどのような方法でそこに素足で踏み込んだのか？

小林の思考をきちんと追えば、現在のわが国が抱えている問題もクリアに理解できるようになります。私はすでに近代は最終段階に突入したと判断しています。こうした混乱期において正気を維持するためには、われわれは小林からスタートしなければなりません。

適菜　収

◉目次

第二章　フォーム、トーン、文体

第三章　小林秀雄の目

第四章　保守にとって政治とはなにか

第五章　失われた歴史

第一章　小林秀雄の顔

人を見る目

小林秀雄はいい顔をしています。

優しそうだし、カッコいい。

小林と一緒に酒を飲んだことがある文芸誌の編集者は「あいつは酒乱だ」と言っていたが、酒でも飲まなければやっていられないし、顔がよければ許される。

街を歩いていて、変な顔の人間がいると、どうしても見てしまいます。

電車に乗ると、目の前の座席にいろいろな種類の顔が並ぶことになる。

見てはいけないと思いながらも、目が行ってしまう。

親や学校の先生は、「人の顔をジロジロ見てはいけません」「顔は生まれつきのもの。人を顔で判断してはいけません」と子供を叱ったりする。

でも、子供は正直だから、「変なものは変だ」と思ってしまう。

これは子供のほうが正しい。

人を顔で判断するのは大事なことです。

悪そうな顔の人間は危険人物である可能性が高い。変な顔に自然に目が行くのは、危険を回避する本能です。

漫画だって、悪い奴は悪そうな顔に描かれているでしょう。

『ドラえもん』に登場するジャイアンの顔が出木杉（できすぎ）で、出木杉の顔がジャイアンだったら違和感がある。

それは人類が経験的にそう判断してきたからです。

もちろん、例外もあります。

すごくいい人そうなのに、殺人事件の犯人だったとか。

サスペンス映画やドラマでよく使われる手法ですが、これだって「悪い奴は悪そうな顔をしている」という共通認識があるからネタとして成り立つわけです。

小林秀雄　(1902～1983年)
批評家

変な顔の政治家は変な政治家です。

こう言うと反発があるかもしれない。

「それなら美男美女が政治家をやればいいのか？」

「お前の顔はどうなんだ」

「政治家は主張や政策で評価しろ」

「論理性のかけらもない」

いずれも「近代的観点」からすればもっともな

批判です。

しかし、言葉はいくらでもごまかすことができる。

政治家は選挙前になると、有権者にとって耳あたりのいいことを言います。

アジェンダ、マニフェスト、維新八策、骨太の方針……。嘘八百を世の中に撒き散らし、選挙が終われば知らぬ顔を決め込む。

世の中には上手に嘘をつく人間がいます。

彼らは巧妙に言葉を操り、人々を騙します。

でも、顔は簡単につくり変えることはできない。

詐欺師は詐欺師のような顔をしているし、デマゴーグはデマゴーグのような顔をしているし、橋下徹は橋下徹のような顔をしている。

先日、こんなニュースを見かけました。

米紙『ワシントン・ポスト』によると、最新の顔分析システム「Faception」が、パリ同時多発テロ事件の実行犯一一人のうち九人を「テロリスト顔」と判別。このシステムがもし警備に導入されていたら、テロを防ぐことができたか、少ない被害で済んだという。

テロリストの顔には特徴があり、このシステムはそれを一瞬にして検知。現時点で判別の精度は八〇パーセントで、他にもロリコン、知能犯罪者、天才、優れたポーカープレイヤーなど、一五のパーソナリティーを見抜くことができるらしい。

「人を見る目」という言葉もある。

大企業の入社面接だって、結局最後は顔で決まる。

人は見た目で判断できるのである。

目は口ほどにものを言う

小林は酒が大好きでした。

よく仲間や編集者と飲み歩いていた。

たくさん酒を飲んでしまうときもあったが、鎌倉の自宅にはきちんと帰っていた。

あるとき小林が酔っ払って電車に乗り込むと、目の前のシートに某俳優が座っていた。

小林は彼を見ているうちに「チンパンジーに似ているな」と思うようになった。

彼にそう言いたくなる衝動をこらえて、黙って席に腰かけていた。

しかし、鎌倉の駅について電車を下りるときに、我慢ができなくなり言ってしまった。

「君はチンパンジーに似ているネ」

小林は張り倒され、一緒にいた小説家の林房雄（一九〇三～七五年）が必死になって止めたそうです。

小林は顔にすべてが表れると考えた。
ランボーに興味をもったのも、まずはその顔だった。
大正一三年、小林が二三歳（数え年）の春のことだ。

その時、僕は、神田をぶらぶら歩いていた、と書いてもよい。向うからやって来た見知らぬ男が、いきなり僕を叩（たた）きのめしたのである。僕には、何んの準備もなかった。ある本屋の店頭で、偶然見付けたメルキュウル版の「地獄の季節」の見すぼらしい豆本に、どんなに烈（はげ）しい爆薬が仕掛けられていたか、僕は夢にも考えてはいなかった。

――「ランボオⅢ」

モーツァルトの顔にも興味をもった。
宮廷劇場付き俳優のヨゼフ・ランゲ（一七五一～一八三一年）が描いたモーツァルトの肖像画を小林は大切に所持していた。

それは、巧みな絵ではないが、美しい女の様な顔で、何か恐ろしく不幸な感情が現れている奇妙な絵であった。モオツァルトは、大きな眼を一杯に見開いて、少しうつ向きになっていた。人間は、人前で、こんな顔が出来るものではない。彼は、画家が眼の前にいる事など、全く忘れて了っているに違いない。二重瞼の大きな眼は何にも見てはいない。世界はとうに消えている。ある巨きな悩みがあり、彼の心は、それで一杯になっている。眼も口も何んの用もなさぬ。彼は一切を耳に賭けて待っている。耳は動物の耳の様に動いているかも知れぬ。が、頭髪に隠れて見えぬ。ト短調のシンフォニイは、時々こんな顔をしなければならない人物から生れたものに間違いはない、僕はそう信じた。

——「モオツァルト」

ヨゼフ・ランゲが描いた
W・A・モーツァルト
（1756〜1791年）
オーストリアの音楽家

小林には『作家の顔』という評論集がある。小説家ギュスターヴ・フローベール（一八二一〜八〇年）の「強靭な作家の顔」、小説家菊池寛（一八八八〜一九四八年）の「寂しい異様な顔」……。

小林は顔にこだわった。

そこには、言葉で説明できること以上の情

報が詰まっているからである。

画家は成る程雑念を混えず物を見る習練を積んでいる筈だし、物の形や色の純粋な関係を感ずる喜びをよく知っているだろうが、肖像画家が、モデルに捕えねばならぬものは、モデルの個性的な表情であって、この表情は、線や色の純粋な関係だけでは出来ていない。その人の内的な生に関係しているから、自らその人の性格を現す象徴的な色や線でもある筈だ。これを習練によって鋭く捕えて描くという処に肖像画家の技術がある。

——『近代絵画』

ゴッホは「肖像画は写真より似ていないと意味がない」と言った。そして実際に写真より似ている肖像画を描いた。『パシアンス・エスカリエの肖像』『ウジェーヌ・ボックの肖像』『ズアーブ兵の肖像』『ラ・ムスメ』『郵便夫ジョゼフ・ルーラン』……。

小林は言う。

私達は、皆、人間の顔には、非常に興味を持っている、生活上の必要から、興味を持たざるを得ないから、人の顔の表情に関しては特に鋭敏にもなっている。私達は、皆、凡庸(ぼんよう)

――なものであろうが、肖像画家の目を持っている。

――同前

問題はその目がどこまで「見えるか」である。

なぜ明るい顔の人間は成功しやすいか

バスに乗っているときも、小林は乗客の顔に注目してしまう。

川奈のゴルフ場で、小林は文藝春秋新社社長の佐佐木茂索（一八九四〜一九六六年）と一緒にバスに乗った。

二人並んで席に腰かけると、その前に、二人のキャディーがクラブを抱えて立っていた。

二人とも一五、六歳くらいだ。

一人は暗い顔、片方は明るい顔。いい人相と悪い人相が目の前に並んだ。

小林は佐佐木の耳元で囁いた。

「さっきからぼくもずっと前の女の子の顔をみていたんだがね、このふたりの一生がわかるような気がするんだ。一生涯が顔にあらわれているような気がしてね」

大きなお世話だろう。

しかし、こう考えてみたらどうか？

なぜ明るい顔の人間は成功しやすいのか。そしてなぜ暗い顔の人間は失敗するのか。

小林は妹の高見沢潤子（一九〇四〜二〇〇四年）にこう語った。


孔子の有名なことばに〝人いずくんぞかくさんや〟というのがあるな。

人間はおもてにみえるとおりのものだっていうんだ。自分よりえらくみせようとしたって、りこうそうにみせようとしたって、あるいは、もっと深く考えているんだって、いくら口でいったってだめなんだ。もってるものだけ、考えているだけのものがそのままおもてに、顔つきにも文章にもあらわれるんだよ。

――『兄　小林秀雄との対話』

文芸評論家の佐古純一郎（一九一九〜二〇一四年）は、海軍から復員し東京の創元社に戻ったが、虚脱状態に陥っていた。それを見た小林は「おまえの、そのツラはなんだ！」と激しい口調で叱りつけた。そして「人間は、ツラがよくならなければいかん」と言った。

佐古はそれを述懐し、小林に感謝している。


先生はカオといわないでツラといわれる。そして、「人間は、もっと顔（ツラ）がよくならなければ」といわれた。そのひとつの言葉くらい私の心にこたえたものはなかった。人間は自分の顔に責任を持たねばならないという思想を、私に、ほんとうに教えてくれたのは小林秀雄先生であった。

——「顔の美学」

暗黙知の次元

物理化学者・哲学者のマイケル・ポランニー（一八九一〜一九七六年）は言う。

ある人の顔を知っているとき、私たちはその顔を千人、いや百万人の中からでも見分けることができる。しかし、通常、私たちは、どのようにして自分が知っている顔を見分けるのか分からない。だからこうした認知の多くは言葉に置き換えられないのだ。

——『暗黙知の次元』

マイケル・ポランニー
（1891〜1976年）
ハンガリーの物理化学者、
社会科学者、科学哲学者

逆に言えば、言葉では説明できないことが顔でわかる。

言葉は多くのものを取りこぼしてしまう。だから、人間を知るためには顔を見るのだ。

小林はテレビを見るのが好きだった。いろいろな顔が出てくるからだ。

小説家の大岡昇平（一九〇九〜八八年）がテレビに出たときは、「あの顔つきではダメだ」と一蹴したという。

人をほめるときも、顔からほめた。

福田（著者注：恆存）という人は痩せた、鳥みたいな人でね、いい人相をしている。良心を持った鳥の様な感じだ。
——「伝統と反逆」

顔より言葉を重視するのが近代である。

小林は言葉より顔を重視した。

「近代精神の最奥の暗所」に踏み込むためである。

様子の変わった小料理屋

小林はどういう人物だったのか？

とりあえず酒癖は悪かった。

鎌倉駅の近くに、東京で飲み足りなかった酔っ払いが、終電車で運ばれてくるのを待っている小料理屋があった。小林は従弟と一緒にその店で飲み、散々悪態をつき、店を出たのは午前二時を回っていた。

それでもまだ飲み足りなかった。

知っている待合に行ったが、深夜だから当然閉まっている。

「このあたりにも一軒あったはずだ」と思い、そこを探して勝手口を叩いた。

木戸が開いたので、「何をまごまごしてるんだ」と従弟をどなりつけ、茶の間に上がった。従弟は、隣室で寝ていた男を叩き起こし、「遅い時間で悪いが、二、三本呑んだら帰る」と言い、酒を運ばせた。

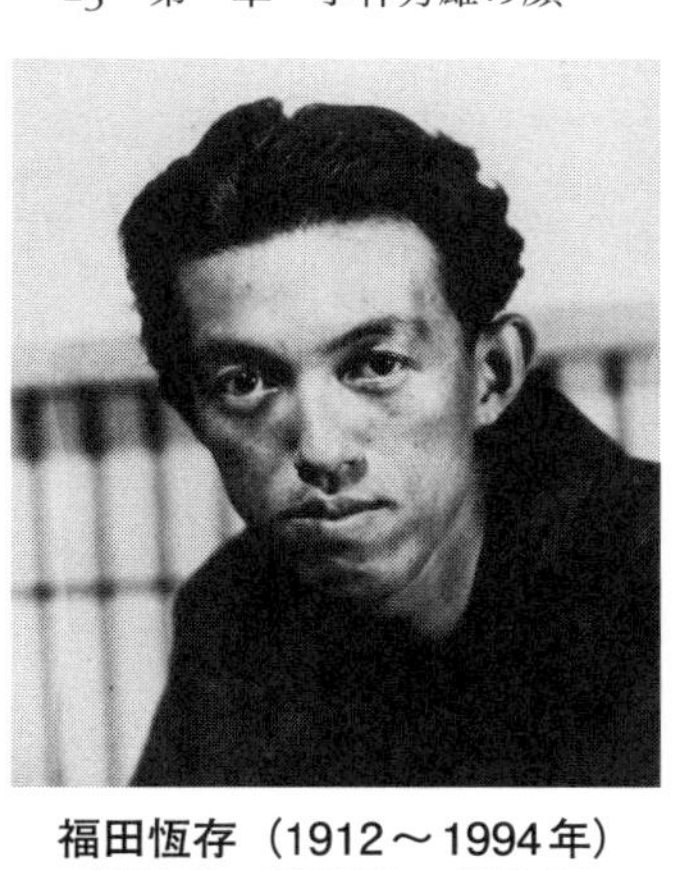
福田恆存（1912～1994年）
評論家、翻訳家、劇作家

お銚子を何本か飲んでいるうちに、口もきかないでかしこまっている女中と男の様子が変だと気付いた。念のため「ここは待合さんなんだろうね」と聞くと、「冗談じゃない。私達は別荘の留守をしているのだ」と言う。

平身低頭して、明日改めてお詫びに上がると言って外に出たが、そのあとの記憶がない。だから、お詫びにもいけなかった。

これは小林が「失敗」というエッセイで書いたエピソードだ。登場する従弟は英文学者の西村孝次（一九〇七～二〇〇四年）である。

小林は酒を飲んでは人に絡んだ。

日本語の通じないアメリカ人のＧＩに説教して泣かせたという噂もある。

文芸評論家の中村光夫（一九一一～八八年）をやりこめて泣かしたこともあった。

編集者の巌谷大四（一九一五～二〇〇六年）が、小説家の今日出海（一九〇三～八四年）にその話をすると、「小林にからまれる奴は、見どころのある奴なんだよ。あいつは、興味のない奴は相手にしないんだよ。もっとも決して軽蔑もしないがね」と言ったそうな。

歳をとってからは、人に絡むことはなくなった。

ぼくは、とにかく人を説得することをやめて二十五年くらいになるな。人を説得することは、絶望だよ。人をほめることが、道が開ける唯一の土台だ。

（中略）

ずいぶん昔のことだけれど、サント・ブーヴの「我が毒」を読んだときに、黙殺することが第一であるという言葉にぶつかったが、それがあとになって分ったな。お前は駄目だなんていくら論じたって無駄なことなんだよ。ぜんぜん意味をなさないんだ。自然に黙殺できるようになるのが、一番いいんじゃないかね。

――「文学の四十年」

バカは味がわからない

小林は日本酒がまずくなったと憤慨した。

昔の酒は、みな個性がありました。菊正なら菊正、白鷹なら白鷹、いろいろな銘柄がたくさんございましょう。

（中略）

文明国は、どこの国も自分の自慢の酒を持っているのですが、その自慢の酒をこれほど粗末にしている文明国は、日本以外にありませんよ。

（中略）

樽がなくなったでしょう。みんな瓶になりましたね。樽の香というものがありました。あれを復活しても、このごろの人は樽の香を知らない。なんだ、この酒は変な匂いがするといって、売れないのです。

――『人間の建設』

私が以前通っていた居酒屋には白鷹と泉正宗の樽が置いてあったが、泉正宗はなくなってしまった。

酒を飲むのは毎日のことですから、真面目に取り組まなければならない。

小林も真剣でした。

> 僕は酒飲めない食通って信じられない。鼻がきかない食通を信じないのと同じくらい信じない。フランスの料理を食ってこれこそ一流だと感じた例(ため)しはないが、葡萄酒(ぶどう)でもシャンパンでも、コニャックでも、これこそ一流の酒だと思った事は屡々(しばしば)あるんだ。食物の方は難かしいね。本当にうまい物に出会う事が第一旅行者には難かしい事だ。
>
> ――「美の行脚」

現在とは旅行の際の事情も違うのだろうが、小林の酒談義はハッタリではない。

今日出海と小林は一緒にパリに行き、「サントラ」というポルト酒専門の酒場によく通っていた。

小林が飲むポルト酒は決まっていた。あるとき小林が「いつもと味が違うし、まずい」と怒りだした。給仕人の老人は「ここのポルト酒はパリ一なのに、まずいとは何ごとか」と応えた。結局、先方の間違いで、給仕人は「なんという通人（コネスール）だろう」と驚いたという。

小林は言う。

食い物といえば、トルストイが、人間の感覚の中で一番正直なものは舌だ、だから人間の利巧か馬鹿か判断するのは、舌によるのが一番よろしいと言っている。一番人間の感覚で人をごまかすのは眼の玉だね。一番人間の理性、知性に関係が深いから、頭の影響を最も受ける感覚なんだよ。それから耳、それから触覚。触覚というやつは一番肉体的なんだ。だからシナでは美食家を作るのには三代かかると言っている。三代かかってうまいものを食って行かなければ、どんなに教えても料理人にはなれないんだよ。それだけ肉体的なものなんだね。

――「『形』を見る眼」

これはよくわかる。バカはまずいものを食べて「おいしい」と言う。

真剣に生きている人間はまずい酒は飲まないし、まずいものは食べない。

これは価値判断の問題であるからだ。

舌がダメな人間は政治も文学もわからない。

すぐにものをなくす

小林はものごとを注意深く観察する一方で、それに夢中になると周囲が見えなくなった。だから、すぐにものをなくす。

私は、持物をどこかに置き忘れる癖があって、例えば帽子でも傘でも、いくつ買ってもむだなのである。
――「写真」

上海に行ったときは、東京創元社社長の小林茂（一九〇二〜八八）から借りたカバンを中身ごとなくした。

小林茂は言う。

――思考が集中するからであろうが戦時中のあの物資不足の時でも少しも変らない。ある時、時計を全部無くしたというので、当時仲々手に入らなかった腕時計を進呈した処（ところ）、三日目にはもう紛失しているので開いた口が塞（ふさ）がらず、同時に最早、これは尊敬すべきものだ、

――と感じ入ったことだった。

――「重役小林秀雄」

小林が「東京一うまい」と評価する納豆の卸屋が神田明神境内にあった。佃煮もわざわざ浅草の蔵前まで買いに行った。しかし、それも電車の中に忘れてくる。

ドイツを起点に旅をしたときも、カメラや眼鏡をなくし、ウィーンでは「パスポートをなくした」と騒いだ。

考えごとに夢中になっているときに、女房の喜代美から「そこにある卵を火鉢にかけてあるヤカンに入れておいて」と頼まれた。小林は生返事をした。彼女が部屋に戻ってくると、卵はそのままだった。小言を言いながらヤカンの蓋をとると、小林愛用の懐中時計が入っていた。

他人の歯ブラシやタオルも使ってしまう。

妹の潤子が眼鏡が見つからないので探していたら、小林がその眼鏡をかけて新聞を読んでいた。

地理感覚も方向感覚もあやしい。

イタリアのフィレンツェのホテルでは、自分の部屋と間違えて、他人の部屋を二回も開けた。

今日出海が振り返る。

ナイト・キャップをかぶった爺（じい）さんは夜中見知らぬ男に二度も闖入（ちんにゅう）されて、恐れをなして廊下へとび出して来た。これが婦人の部屋だったら、それこそ大変な問題になったことだろう。
――「そそっかしい小林秀雄」

今の時代なら大人の発達障害と診断されかねない。これはモーツァルトやゴッホも同じだろう。

水道橋のプラットホーム

昭和二一年の秋、小林は国電の水道橋駅のプラットホームから落下して死にかけた。

神田の「セレネ」という居酒屋で酒を飲み、そこで一升瓶を譲ってもらい、水道橋駅に出た。当時、駅のプラットホームの壁は、鉄骨に丸太を括っただけの粗末なものだった。小林はその丸太の隙間から一升瓶を抱えたまま一〇メートル下の空き地に転落した。

終戦直後なので、周りには鉄材が積まれていた。

小林は言う。

あのころ一升瓶は大変なものだった。半分飲んで、大事に持って、水道橋のプラットホームで居眠りしたんです。勿論、鉄柵など爆撃で吹っ飛んでいたから、それで一升瓶持ってストーンと落っこっちゃった、下まで。

（中略）

反対側のコンクリートの上に落ちたら即死だね。僕の方は機械と機械の間の、柔らかい泥に石灰殻の積んである所に落っこった。瓶を持って落っこった。瓶は機械にぶっつかって粉微塵（こなみじん）さ。もうちょっと、五寸ぐらい横に落っこったら死んでいた。――「交友対談」

知らせを受けた女房の喜代美は、命は助かったとしても重傷を負ったと思い、目の前が暗くなった。数日後に妹の潤子が見舞いに行くと、小林は元気で寝床の上に座っていたという。

「よかったわね。酔っていたからかえってよかったのかしら」と潤子が言うと、小林は「そうかもしれないが、おれにはおふくろが守ってくれたとしか思えないね」と真面目に答えたそうな。

小林は中断したベルグソン論「感想」で終戦の翌年に死んだ母親について書いている。

母が死んだ。母の死は、非常に私の心にこたえた。それに比べると、戦争という大事件は、言わば、私の肉体を右往左往させただけで、私の精神を少しも動かさなかった様に思う。

（中略）

母が死んだ数日後の或る日、妙な経験をした。

（中略）

仏に上げる蠟燭（ろうそく）を切らしたのに気附き、買いに出かけた。私の家は、扇ヶ谷（おうぎがやつ）の奥にあって、家の前の道に添うて小川が流れていた。もう夕暮であった。門を出ると、行手に蛍が一匹飛んでいるのを見た。この辺りには、毎年蛍をよく見掛けるのだが、その年は初めて見る蛍だった。今まで見た事もない様な大ぶりのもので、見事に光っていた。おっかさんは、今は蛍になっている、と私はふと思った。蛍の飛ぶ後を歩きながら、私は、もうその考えから逃れる事が出来なかった。

——「感想」

小林は「近代人」である読者に説明する。

読者はこのエピソードを感傷だと一笑に付すことができるだろう、でも、自分だって「感傷にすぎない」と考えることはできる、と。

だが、困った事がある。実を言えば、私は事実を少しも正確には書いていないのである。私は、その時、これは今年初めて見る蛍だとか、普通とは異って実によく光るとか、そんな事を少しも考えはしなかった。私は、後になって、幾度か反省してみたが、その時の私には、反省的な心の動きは少しもなかった。おっかさんが蛍になったとさえ考えはしなかった。何も彼も当り前であった。従って、当り前だった事を当り前に正直に書けば、門を出ると、おっかさんという蛍が飛んでいた、と書く事になる。

——同前

「門を出ると、おっかさんという蛍が飛んでいた」という話は、近代人は理解できない。「おっかさん」は蛍ではないからだ。

だから、蛍の光と母親の魂のイメージを心の中で重ね合わせたのだと解釈する。

私にも似たような体験がある。一九歳の頃、新宿区早稲田から落合に引っ越したばかりで、電話線はまだ引いていなかった。荷物を押し分けるようにして布団を敷き、寝た。その晩、母方の祖母が夢に出てきた。それまで祖母が夢に出てくるようなことはなかったので、「亡くなったのかもしれないな」と夢の中で思った。

朝起きて、渋谷に向かった。その日はアルバイトの初日だった。夕方、アパートに戻ると、ドアに電報が挟まっていた。祖母が急死したという。「胸が痛い」と言うので病院に連れて行ったら、息を引き取ったとのこと。だから、死の予兆があったわけではない。

その晩、私は山梨の実家に帰った。翌日、母と叔母に夢の話をした。すると彼女たちは「おばあちゃんがお別れにきたのね」と普通に言った。

だから、どうだこうだと言いたいのではない。

実際にこういうことがあったというだけの話である。

小林が言っていることも同じだ。

——同前

この童話は、ありのままの事実に基いていて、曲筆(きょくひつ)はないのである。

しかし、それでは納得しない人たちがいる。

合理的な説明がないと落ち着かないのだ。

このあたりの話を民俗学者の柳田國男(一八七五～一九六二年)とベルグソンに絡めて考えてみる。

お化けの話

小林は柳田の学問についてこう語る。

例えば、諸君は、死んだおばあさんを、なつかしく思い出すことがあるでしょう。その時、諸君の心に、おばあさんの魂は何処からか、諸君のところにやって来るではないか。これは昔の人がしかと体験していた事です。それは生活の苦労と同じくらい彼等には平凡なことで、又同じように、真実なことだった。それが信じられなければ、柳田さんの学問はなかったというところが大事なのです。

――「信ずることと知ること」

柳田國男（1875～1962年）
民俗学者

某所に家族経営のトンカツ屋がある。私は雑誌の仕事の関係でかなりの数のトンカツ屋に行ったが、その店は都内でも三本の指に入るトンカツを出す。高齢の主人は毎日トンカツを揚げている影響か、腰が大きく曲がっている。料理人の澤口知之（一九五八～二〇一七年）は、「あの店のトンカツはあのオヤジしか揚げることができない」と高く評価していた。私もそこに行くたびに、主人が死んだらこの店は終わりだろうと感じた。

いつもキャベツを切っている五〇代の息子がいるが、店を継ぐのは難しいと思う。長年にわたり父親の仕事を見ているのだから、同じようなものは出せるのだろう。店を閉めた後、夜間に父親の指導を受けているのかもしれない。

しかし、それだけではトンカツは揚がらない。個人に備わる感覚的なものが、揚げ物の完成度を大きく左右するからだ。

小林は柳田が八三歳のときに口述した『故郷七十年』という本の中にあるエピソードを紹介する。

柳田は一四歳のとき、茨城県の布川にある長兄の家に一人で預けられていた。隣には旧家があり、たくさんの蔵書があった。柳田は病気で学校に行けなかったので、毎日そこで本ばかり読んでいた。

その旧家の庭に石でつくった小さな祠（ほこら）があった。そこには死んだおばあさんが祀（まつ）られているという。

柳田は祠の中が見たくなった。

そして、ある日、思い切って石の扉を開けてしまう。中には、握りこぶしくらいの蠟石が納まっていた。実に美しい珠を見たと思った瞬間、奇妙な感じに襲われ、そこに座り込んでしまい、ふと空を見上げた。よく晴れた春の空で、真っ青な空に数十の星がきらめくのが見えた。昼間に星が見えるはずがないことは知っていた。けれども、その奇妙な昂奮はどうしてもとれない。その時鵯(ひよどり)が高空で、ピイッと鳴いた。それを聞いた柳田は我に返った。

そこで柳田は言う。もしも、鵯が鳴かなかったら、自分は発狂していただろうと。

小林はこの話を読んで感動した。

そして柳田という人間がわかったと感じた。

柳田の感受性が、彼の学問のうちで大きな役割を果たしているのだと。

柳田の弟子たちは、彼の学問の実証的方法は受け継いだが、柳田の感受性まで引き継ぐわけにはいかなかった。だから、小林は「柳田の学問には、柳田の死とともに死ななければならないものがあった」と感じたのだ。

柳田は自分が経験したことを書いた。そこには解釈の余地はない。見たものは見たのである。

小林は言う。

今日の一般の人々に、お化けの話をまじめに訊（たず）ねても、まじめな答えは決して返って来ない。にやりと笑われるだけだ、と柳田さんは書いているが、これは鋭敏な表現でして、この笑いには、お化けの話に対して、現代人がとっている曖昧（あいまい）な態度と言うよりも不真面目（ふまじめ）な態度を、端的に現しているると、柳田さんは見ているのです。お化けの話を、何故真面目に扱わねばならないかという柳田さんの考えは、其処には、これを信ずるか、疑うかという各人の生活上の具体的経験が関係して来るからだという所にありました。

――「信ずることと知ること」

近代人はお化けを排除する。迷信など受け容れない。しかし、どこから来るかわからない恐怖に襲われることはなくならない。

お化けの話となると、にやりと笑うのだが、実はその笑いにしても、何処からやって来るのか、笑う当人には判っていないではないか。という事は、追っぱらっても、追っぱらっても、逃げて行くだけのお化けは、追っぱらった当人自身の心の奥底に逃げ込んで、その不安と化するのである。人間の魂の構造上、そういう事になる。

――同前

近代人は、言葉で説明できないことがあると笑ってごまかす。神や霊に関してもニヤニヤしながら語る。不安だし、どこか後ろめたいのです。

ベルグソンと女性の夢

ベルグソンがある大きな会議に出席しているときに、参加者の女性がフランスの高名な医者に向かって次のような話をした。

女性の夫は遠い戦場で戦死した。女性はそのときパリにいたが、ちょうどその時刻に夫が死んだ夢を見た。夫をとりまいている数人の兵士の顔まで見た。後で調べてみると、夫は夢で見た通りの恰好で、周りを数人の同僚の兵士に取りかこまれて死んでいた。

ベルグソンはこう考えた。

これを夫人が頭の中に勝手に描き出したと考えるのは難しい。どんなにたくさんの人の顔を描いた画家でも、見たこともない一人の人間の顔を想像して描き出すことはできない。よって、念力といういまだにはっきりとは知られない力によって、直接見たと仮定してみるほうがよほど自然だし、理にかなっていると。

しかし、高名な医者はこう言った。

昔から身内の者が死んだとき、死んだ知らせを受け取ったという人は非常に多い。だが、死の知らせが間違っていたという経験をした人もまた非常に多い。どうしてその一方だけに気を取られるのかと。

極めて論理的、合理的、理性的な説明である。

ところがそこにもう一人の若い女性がいて、医者に向かって「先生のおっしゃることは、論理的には非常に正しいけれど、何か間違っていると思います」と言った。

ベルグソンはその若い女性のほうが正しいと思った。

小林は言う。

ベルグソンの哲学は、直観主義とか反知性主義とか呼ばれているが、そういう哲学の一派としての呼称は、大して意味がないのでありまして、彼の思想の根幹は、哲学界からはみ出して広く一般の人心を動かした所のものにある、即ち、平たく言えば、科学思想によって危機に瀕（ひん）した人格の尊厳を哲学的に救助したというところにあるのであります。人間の内面性の擁護、観察によって外部に捕えた真理を、内観によって、生きる緊張の裡に奪回

一するという処にあった。

――「表現について」

学者は現象の具体性に目を瞑ってしまう。

医者は夫人が見た夢の話を、本当にそのときに夫は死んだのか、そうではないのかという問題に変えてしまう。

ベルグソンが言う「直観」とは、本能や感情に従ってものを見ることではない。その逆だ。普通の見方ではこぼれおちてしまうものを反省と熟慮により見落とさないように努力することである。

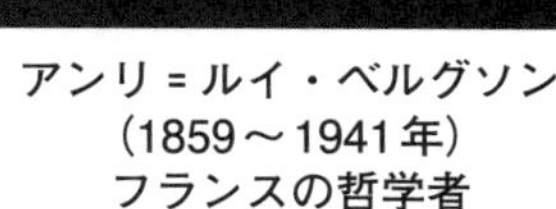

アンリ＝ルイ・ベルグソン
（1859～1941年）
フランスの哲学者

小林は言う。

なるほど科学は経験というものを尊重している。しかし経験科学と言う場合の経験というものは、科学者の経験であって、私達の経験ではない。

（中略）

私達が、生活の上で行なっている広大な経験の領域を、合理的経験だけに絞った。観察や実験の方法をとり上げ、これを計量というただ一つの点に集中させた、そういう狭い道を一と筋に行ったがために、近代科学は非常な発達を実現出来た。近代科学はどの部門でも、つまるところ、その理想として数学を目指している。

――「信ずることと知ること」


近代科学の本質は計量を目指すが、精神の本質は計量を許さぬところにある。

ベルグソンは、常識に従った。常識の感じているところへ、決定的な光を当ててみる事はできないかと考えたと小林は言う。

ベルグソンは「近代精神の最奥の暗所」から逆に世界を見た。

概念の暴走

「個別のもの、些末なものにこだわるのではなく、抽象度をあげて考えろ」とよくいわれます。

たしかに、抽象度をあげれば思考は容易になるし、数値化すれば計算は楽になる。そしてその分、認識は雑になります。

哲学者のフリードリヒ・ヴィルヘルム・ニーチェ（一八四四～一九〇〇年）に言わせれ

ば、同一でないものを同一とみなすことにより概念は成立する。

認識とは、多種多様な数えきれないものを、等しいもの、類似したもの、数えあげうるものへと偽造することなのである。

――『生成の無垢』

感覚器官が受け取った情報は脳内でイメージに転換され、さらに言葉に転換される。その言葉が概念になるまでには何回も変換が行われている。

たとえばセロリの葉と桜の葉は同一ではないが、個別の差を無視したり、忘れたりすることで「葉」という概念は成立する。

すると、今度は概念が暴走を始める。

まるで自然の中に「葉」の原型が存在するかのようなイメージを呼び起こし、その概念をもとにして現実世界の「葉」はスケッチされ、測定される。

F・W・ニーチェ
（1844～1900年）
ドイツの哲学者

小林は警鐘を鳴らした。

真の科学者なら、皆、実在の厚みや深さに関して、痛切な感覚は持っている筈だ。（中略）だが、科学の口真似には、合理化され終った多数の客体に自己を売渡す事しか出来はしない。

——「還暦」

数値化したものを、再度積み上げても元には戻らない。

劇作家・詩人・自然科学者のヨハン・ヴォルフガング・フォン・ゲーテ（一七四九～一八三二年）は、生物は諸要素に分解できるが、諸要素を合成することで生き返らせることはできないと言った。生命とは諸要素の連関である。

小林の思想の根本には、ゲーテの形態学、観相学が存在する。

第二章　フォーム、トーン、文体

小林の仕事

小林は五年の歳月をかけたベルグソン論「感想」を投げ出した。

小説家の安岡章太郎（一九二〇～二〇一三年）には、「ああ、あれは失敗だよ。この年になってても、まだあんなカン違いをするのだから、イヤになるよ」と話している。

数学者の岡潔（一九〇一～七八年）には「書きましたが、失敗しました。力尽きて、やめてしまった。無学を乗りきることが出来なかったからです。大体の見当はついたのですが、見当がついただけでは物は書けません」と述べている。

これは言葉通りに受け取ったほうがいい。

見当がついたので書き始めたが、途中でやめたというだけの話。

小林の仕事は結論に向かって一気に進んでいくようなものではない。

いつも「大体の見当」があり、確固とした見通しがあるわけではなかった。むしろ小林は「見通し」を拒絶した。


――モオツァルトは、目的地なぞ定めない。歩き方が目的地を作り出した。彼はいつも意外な処に連れて行かれたが、それがまさしく目的を貫いたという事であった。

——「モオツァルト」

歩くこと自体が目的なのである。
それと同じで、小林の批評は、仕事を進めていく過程が目的だった。

> 私の書くものは随筆で、文字通り筆に随(したが)うまでの事で、物を書く前に、計画的に考えてみるという事を、私は、殆(ほとん)どした事がない。筆を動かしてみないと、考えは浮ばぬし、進展もしない。いずれ、深く私の素質に基くものらしく、どう変えようもない。
>
> ——「学問」

モーツァルトは現代の芸術家や思想家を毒している「目的」や「企図」というものを知らなかったと小林は指摘する。

> 芸術や思想の世界では、目的や企図は、科学の世界に於ける仮定の様に有益なものでも有効なものでもない。それは当人の目を眩(くら)ます。或る事を成就(じょうじゅ)したいという野心や虚栄、いや真率な希望さえ、実際に成就した実際の仕事について、人を盲目にするものである。

一大切なのは目的地ではない、現に歩いているその歩き方である。　――「モオツァルト」

誰も、モオツァルトの音楽の形式の均整を言うが、正直に彼の音を追うものは、彼の均整が、どんなに多くの均整を破って得られたものかに容易に気付く筈(はず)だ。彼は、自由に大胆に限度を踏み越えては、素早く新しい均衡を作り出す。到る処で唐突な変化が起るが、彼があわてているわけではない。方々に思い切って切られた傷口が口を開けている。独特の治癒法を発明する為だ。彼は、決してハイドンの様な音楽形式の完成者ではない。寧ろ最初の最大の形式破壊者である。彼の音楽の極めて高級な意味での形式の完璧は、彼以後のいかなる音楽家にも影響を与えなかった、与え得なかった。　――同前

フランスの映画監督アンリ＝ジョルジュ・クルーゾー（一九〇七〜七七年）は、一九五六年に画家パブロ・ピカソ（一八八一〜一九七三年）の創作活動をフィルムに収めたドキュメンタリー『ミステリアス・ピカソ　天才の秘密』を発表した。撮影にはピカソが全面協力し、カメラの前でスケッチ、水彩、油彩が生み出された。

小林もこの映画を見た。

ピカソは、白いカンヴァスを前に、筆を取上げて、「さあ何が出来上るかな」とよく言うそうである。これは、今度、クルーゾーの映画を見ていて実によく感じられた事である。彼は何が出来上るか知らないのである。描いている間も知らない。今描いた線や色から、又、新しい線や色が自ら生れて来る様だ。彼の姿は映らないが、声は聞えて来る。おや、だんだんいけなくなるとか、よくなって来たとか、描き乍ら独り言を言っているのが聞えた。

——『近代絵画』

パブロ・ピカソ（1881～1973年）
スペインの画家、彫刻家

そのようにしか進まない仕事はある。

ピカソの友人のジャウメ・サバルテス（一八八一～一九六六年）によると、ピカソはものを捨てなかったという。

ピカソの部屋はガラクタで埋め尽くされていた。

ピカソのズボンのポケットには、紙屑、釘、小石などが入っていた。

ピカソが夏の旅行から戻ってくると、トランクの中は石や貝殻、動物の骨などで一杯になっていた。

彼に、部屋をちらかす趣味があったわけではない。整頓する理由が見附からなかっただけだ。それに、どんなに多くの趣味とか癖とかが、分析されないままに放置され、やがて理論や、主義の仮面を被(かぶ)るに至るか。部屋はちらかして置かなければならない。一つの整頓の理由から、無数の整頓の理由が生れるであろう。そうして、美の部屋は整頓され、ピカソに言わせれば、「美術学校の生徒達をおどかす」に到ったのである。　——『近代絵画』

ピカソは絵の批評や理論を嫌った。「キュービズムの理論などは、ナンセンスとは言わぬまでも、単なる文学に過ぎない」とも言った。

がらくた許りの乱雑な彼の部屋は、彼の心の鏡なのであって、それは、彼には目的に適(かな)う様に慎重に設計された仕事場の意味を持つ。彼の意志から見れば、単にがらくたが在るのではない。理解や、解釈や、綜合や、分析から解放され、本来の姿に還元された個体の群れが集められているのである。　——同前

小林が言いたいのは、「自分もそうだ」ということである。整頓、分類、解釈されていな

い「生のもの」「動いているもの」を、小林は仕事場に置いた。

なぜ目の前にあるものが見えないのか

先ほど紹介した母親と蛍のエピソードについて小林は言う。

当時の私はと言えば、確かに自分のものであり、自分に切実だった経験を、事後、どの様にも解釈できず、何事にも応用出来ず、又、意識の何処にも、その生ま生ましい姿で、保存して置く事も出来ず、ただ、どうしようもない経験の反響の裡にいた。それは、言わば、あの経験が私に対して過ぎ去って再び還らないのなら、私の一生という私の経験の総和は何に対して過ぎ去るのだろうとでも言っている声の様であった。併し、今も尚、それから逃れているとは思わない。それは、以後、私の書いたものの、少くとも努力して書いた凡てのものの、私が露には扱う力のなかった真のテーマと言ってもよい。――「感想」

だから、ベルグソンをテーマに選んだことが間違っていたわけではない。

それは「真のテーマ」だった。実際、小林は「本居宣長」で、同じテーマを扱うのである。小林が切実に扱わざるを得なかったのは、解釈で切り捨てることのできない「経験」であり、概念の背後にある世界だった。

大切な事は、真理に頼って現実を限定する事ではない、在るがままの現実体験の純化である。見るところを、考える事によって抽象化するのではない、見る事が考える事と同じになるまで、視力を純化するのが問題なのである。

——「私の人生観」

宣長もベルグソンも同じことを言っています。

漢籍心（からぶみごころ）を清く洗（あら）ひ去（さり）て、よく思へば、天地はただ天地、男女（めを）はただ男女（めを）、水火（ひみづ）はたゞ水火（ひみづ）にて、おの〳〵その性質（ある）情状（かたち）はあれども、そはみな神の御所為（みしわざ）にして、然るゆゑのことわりは、いとも〳〵奇霊（くすし）く微妙（たへ）なる物にしあれば、さらに人のよく測知（はかりしる）べききはにあらず。

——『古事記伝』

要するに、わたしたちは事物そのものを見ていない。ほとんどの場合、事物の上に貼り付けられたラベルを見ているだけである。そうした傾向は必要から生ずるのだが、しかし言語の影響がそれにさらに拍車をかける。

（中略）

語は事物のきわめて一般的な機能とごくありふれた側面しか記さず、事物とわたしたちとのあいだに割って入り、その語自体を生みだした必要の後ろにまだ隠されていない事物の形をさえ、わたしたちの目から覆い隠してしまう。

――『笑い』

近代人はあるがままの神を捨て、合理や理性という新しい神の下、迷妄の中で暮らすようになった。「動いているもの」は概念により息の根を止められた。

言葉に惑わされるという私達の性向は、殆ど信じられないほど深いものである。私達は皆、物と物の名とを混同しながら育って来たのだ。物の名を呼べば、忽ち物は姿を現すと信ずる子供の心は、そのまま怠惰な大人の心でもある。

――「学問」

メダルト・ボスとハイデッガー

小林の文章はわかりづらいと敬遠する人たちがいます。

彼らは「わかりやすい」ことが大好きです。

彼らが求めているのは「納得のいく説明」です。

理解できなければ癇癪を起こす。仕舞いには「小林はハッタリをかましているだけ」「合理的な説明を放棄し、詩の世界に逃げ込んだ」などと非難する。

近代の構造に警鐘を鳴らした小林を、近代的価値観により裁断するわけです。

しかし、小林の文章は難解ではありません。

扱っている対象が難解なのでもない。

扱っている対象の「扱い方」が難解なのである。

スイスの精神科医メダルト・ボス（一九〇三〜九〇年）が、仲間を集めて勉強会をやっていたが、そこに哲学者のマルティン・ハイデッガー（一八八九〜一九七六年）を呼んだ。

その勉強会に参加していたおばさんがハイデッガーに「あなたの文章はわかりづらい。もっと簡単に書けないものか」とケチをつけた。

すると、ハイデッガーは「そうしたら、私の本の厚さは今の何倍にもなってしまう」と答えた。

しかし、このハイデッガーの言い方はあまり誠実ではない。

本当ならこう答えるべきだった。「言葉では簡単に言いあらわせないものを扱っているのだから当たり前だろう」と。

いちいちタームの解説をしていたらキリがなくなるという話ではなくて、本質的に言葉による説明が馴染まない領域がある。

香りは構造的に言語で説明できないので、味覚を比喩として利用する。

ニーチェがロジカルな説明を回避し、アフォリズムを多用した理由も同じだ。

直接は示せないが暗喩はできる。

そのために詩は存在する。

小林の批評もそういうものだと思います。

小説はたくさんの文字を使うことにより、中心にあるものを浮かび上がらせていきます。

ロジカルな説明では失われてしまうものを扱うのが文学です。

マルティン・ハイデッガー
（1889〜1976年）
ドイツの哲学者

　小林が評価したのは、数十万語を費やして一つの沈黙を表現するのが目的だと覚悟した小説家でした。

　文学者は簡単なことを何んとかかんとか装飾して複雑にいう、口の巧(うま)い人間ではない。本当の文学者はものが複雑に見えて、微妙に見えて仕方がない人種です。言葉の濫用なぞ思いもよらぬ事です。

──「文学者の提携について」

「一つの沈黙」を探す過程が小説であると言ってもよい。
それと同じで、小林の批評も外枠を組み立てることで、中心を示すようなものになった。
だから、小林は技術、フォーム、トーン、文体を重視したのです。

私は、書くのが職業だから、この職業に、自分の喜びも悲しみも託して、この職業に深入りしております。深入りしてみると、仕事の中に、自ら(おのずか)一種職業の秘密とでも言うべきものが現れて来るのを感じて来る。

（中略）

秘密と申しても、無論これは公開したくないという意味の秘密ではない、公開が不可能なのだ。人には全く通じ様もない或るものなのだ。それどころか、自分にもはっきりしたものではないかも知れぬ。ともかく、私は、自分の職業の命ずる特殊な具体的技術のなかに、そのなかだけに、私の考え方、私の感じ方、要するに私の生きる流儀を感得している。かような意識が職業に対する愛着であります。

──「私の人生観」

具体的技術

もちろん、こうした「特殊な具体的技術」を身に着けるためには試行錯誤が行われた。小林は、評論を書き始めてしばらくすると、自分の文章が平板で一本調子であることに不満を覚えるようになった。そこで問題をいろいろな角度から眺めることにより文体を確立しようとしたが、どうしてもうまくいかない。

仕方がないから、丁度切籠（きりこ）の硝子（ガラス）玉でも作る気で、或る問題の一面を出来るだけはっきり書いてごく短い一章を書くと、連絡なぞ全く考えずにまるで反対な面を切る気持ちで、反対な面から眺めた処を又出来るだけはっきりした文章に作り上げる。こうした短章を幾つも作ってみた事がある。だんだんやっているうちに、こういう諸短章を原稿用紙に芸もなく二行開きで並べるだけで、全体が切籠の硝子玉程度の文章にはなる様になった。そんな事を暫くやっているうちに、玉を作るのに先ず一面を磨き、次に反対の面を磨くという様な事をしなくても、一と息でいろいろの面が繰り展（くの）べられる様な文が書ける様になった。

――「文章について」

つまり、「一と息」に切籠の硝子玉を作ることができるようになった。

「玉」とは中心を浮かび上がらせるための「外枠」のことだろう。

「行間を読む」という言葉もある。

音楽評論家の吉田秀和（一九一三〜二〇一二年）はこう述べる。


書いてあるものは、ほかに書き直しようがないほど明瞭（めいりょう）であるが、読むものはそこに書いてあるもの以上のことを聴く。つまり、音楽をきくのと同じようにして読む。

それが文体というものなのだろう。小林秀雄は、つぎつぎと問題をなげかけ、なげすてながら、前進する。問いは必ずしも答えをひき出さないが、読むものに、ある時は光を、ある時はショックを、ある時は喜びを、わかち与え、ある時は停止を要求し、自分でさきを考えるよう誘惑する。


――「『演奏家で満足です』」


外枠をつくるのは熟練の職人の手つきと同じだ。

小林は小説家の永井龍男（一九〇四〜九〇年）と大工の棟梁の話をした後でこう続ける。

――サラリーマンにはかんなはいらないからな。頭の才覚さえあればいいんでしょう。頭で計算して、計画を立てて、そのとおりやれば、それですむ。だけど、今のかんなのおやじの場合は、頭で考えたって、かんなの方で、ウンと言わなければ、事ははこばない。大変な違いだなあ。何から何まで、かんなとの相談だな。

（中略）

だから、まあ言ってみれば、かんなとのつきあい、長いつきあいというものが、どうしても要るんだな。まるで女房とのつきあいみたいなものが、出来上がらなければならないのではないかな。

――「芸について」

現代の思想というものは、みんなかんな抜きの思想だな。現代の現実主義も唯物論も。現実主義というのは、実は能率主義の異名さ。合理的生活の能率を高めたいと言っている豪（えら）そうに見える処世法さ。唯物論だってちっとも思想としての力はない。ひっくり返った観念論さ。

――同前

現実に即して考えることができないから、イデオロギーに頼るのである。思想とは文体をつくることである。小林は文学者にとってもっとも本質的なことは「トーンをこしらえること」だと言った。

アントン・パーヴロヴィチ・チェーホフ（一八六〇〜一九〇四年）は、どこを切り取ってもチェーホフである。

技の円熟がないところに、如何（いか）なる形の文化も在り得ないという事を忘却した文化人のタイプとは、現代に特有なものではあるまいか。

　眼高手低という言葉がある。それは、頭で理解し、口で批評するのは容易だが、実際に物を作るのは困難だと言った程の意味だ、とは誰も承知しているが、技に携わる人々は、技に携わらなければ、決してこの言葉の真意は解らぬ、と言うだろう。実際に、仕事をすれば、必ずそうなる、眼高手低という事になる。眼高手低とは、人間的な技とか芸とか呼ばれている経験そのものを指すからである。

――「還暦」

小林の批評は天才礼賛ではない。

目が見え、かつ実際にものをつくった人間の、技術、フォーム、トーン、文体を愚直に追うことだった。

泳ぐということ

小林の仕事が批評の対象の技術やフォーム、トーン、文体に迫るものだとしたら、それは理屈で理解するのではなく、呼吸を合わせるという方法になる。

たとえば、「泳ぐということ」は言葉では説明できない。

泳げない子供に説明できないだけではなく、自分にさえ説明できない。

とりあえずプールに行き、水の中に入らないと始まらない。

やってみないとわからない。

これも公開が不可能な「具体的技術」です。

小林は言う。


これはちょうど泳ぎみたいなもので、教えることは出来ないんだよ。海へ放りこめばパチャパチャやっているうちに泳ぎが自然とできて来るよというような……つまり人間の身体全体の触覚、そういうようなもので、全然頭では考えられないね。

（中略）

ジタバタしているうちに水に慣れるんだ。だから海の水に慣れるように、美しい形とい

> うものには慣れなければダメなんだ。だから美しい形の海でもって人間は泳がなければいけない。そうしなければ形なんてものは解るものじゃないんだよ。――「『形』を見る眼」

昭和四年、雑誌『改造』懸賞評論第二席入選作として公表された「様々なる意匠」で、小林は「批評とは竟に己れの夢を懐疑的に語る事ではないのか！」と述べた。

非常に有名な言葉である。

しかし、その一方で、「ドストエフスキイの生活」の冒頭ではこう述べる。

> ドストエフスキイという歴史的人物を、蘇生させようとするに際して、僕は何等格別な野心を抱いていない。この素材によって自分を語ろうとは思わない、所詮自分というものを離れられないものなら、自分を語ろうとする事は、余計なというより寧ろ有害な空想に過ぎぬ。

これを小林の発言の矛盾と指摘するむきもあるが、単に「企図」や「野心」を否定しているだけだ。

小林は、小説家のフョードル・ミハイロヴィチ・ドストエフスキー（一八二一～八一年）

に呼吸を合わせた。解釈を拒絶し、自分を虚にし、ドストエフスキーの世界に入っていった。小林はドストエフスキーの「魂のフォーム」を摑もうとした。
「ドストエフスキイの生活」は、「今は、『不安な途轍もない彼の作品』にはいって行く時だ」という一文で終わっている。この長編評論を書いた後も、小林にとってドストエフスキーの作品は「不安な途轍もない」ものだった。

僕が勤勉な研究家でない事は確かである。勤勉な研究家なら、こんな為体にはならなかった筈である。けれども、怠惰な研究家には怠惰な研究家の特権というものも、あってい い様に思われる。一条の白色光線のうちに身を横たえ、あれこれの解釈を拒絶する事を、何故一つの特権として感じてはいけないのだろうか。僕には、原作の不安な途轍もない姿は、さながら作者の独創力の全緊張の象徴と見える。矛盾を意に介さぬ精神能力の極度の行使、精神の両極間の運動の途轍もない振幅を領する為に要した彼の不

フョードル・ミハイロヴィチ・ドストエフスキー
(1821～1881年)
ロシアの小説家

断の努力、それがどれほどのものであったかを僕は想う。――「『罪と罰』についてII」

このドストエフスキーの「矛盾を意に介さぬ精神能力の極度の行使」「精神の両極間の運動の途轍もない振幅」に小林も突き動かされていく。

彼が限度を踏み超える時、僕も限度を踏み超えてみねばならぬ。何故か。彼の作品が、そう要求しているからだ。

（中略）

僕は背後から押され、目当てもつかず歩き出す。眼の前には白い原稿用紙があり、僕を或る未知なものに関する冒険に誘う。そして、これは僕自身を実験してみる事以外の事であろうか。

――同前

小林は結論がどこへ行くかわかっていることは書かなかった。

そこでは「書くこと」と「考えること」が同じになる。

ピカソの白いキャンバスの話と同じだ。

「おや、だんだんいけなくなる」

「よくなって来た」

最後はかんなとの相談になる。

小林は己の夢を懐疑的に語りだす。


ヴァレリイはうまい事を言った。自分の作品を眺めている作者とは、或る時は家鴨（あひる）を孵（かえ）した白鳥、或る時は、白鳥を孵した家鴨。間違いない事だろう。作者のどんな綿密な意識計量も制作という一行為を覆（おお）うに足りぬ、ただそればかりではない、作者はそこにどうしても滑り込む未知や偶然に、進んで確乎（かっこ）たる信頼を持たねばなるまい。そうでなければ創造という行為が不可解になる。してみると家鴨は家鴨の子しか孵せないという仮説の下に、人と作品との因果的連続を説く評家達の仕事は、到底作品生成の秘義には触れ得まい。彼等の仕事は、芸術史という便覧に止まろう。ヴァレリイが、芸術史家を極度に軽蔑したのも尤（もっと）もな事だ。

——「モオツァルト」


発見とは閃きではなく、目に見えないものに対する信頼の成果である。

オリジナル幻想

小林の妹の高見沢潤子は、『のらくろ』で有名な漫画家田河水泡（一八九九〜一九八九年）に嫁いだ。高見沢は田河の本名の姓である。

小林はよく妹と話をした。彼女は何冊かの本で小林の発言を書き残している。本書でも引用したが、『兄　小林秀雄との対話』はとてもいい本です。

この本の編集者は、詩人のヨハン・ペーター・エッカーマン（一七九二〜一八五四年）の『ゲーテとの対話』を意識してタイトルをつけたのでしょう。『ゲーテとの対話』は弟子のエッカーマンが、晩年のゲーテの言葉をまとめたものです。小林はこれを「養生訓」のようなものだと言いました。ヨーロッパの教養を集約した人類の宝であり、どこから読んでも面白い。ニーチェは「存在するドイツ書のうち最良の書」と評しています。

小説家の宇野千代（一八九七〜一九九六年）は、『ゲーテとの対話』に倣って『小林秀雄との対話』を書きたいと思い、小林と会った後は、会話の内容を思い出してノートに書き留めていた。しかし、書籍化は実現しなかった。宇野に言わせれば、「火山のぐるりを遠巻きにしただけ」だったという。

作家の五味康祐（一九二一〜八〇年）も小林とレコード談義をしているうちに、『ゲーテとの対話』のようにまとめることができたらいいなと思ったそうだ。

小林の文章を読むと、ゲーテの強い影響をいたるところで見出すことができる。

『ゲーテとの対話』とほぼ重なる発言も多い。

小林が猿楽師の世阿弥（一三六三～一四四三年）に関連して述べた「美しい『花』がある、『花』の美しさという様なものはない」という有名な言葉もニーチェをはじめとする過去の賢者の文章の焼き直しに過ぎない。そして、それでいいのである。

いや、むしろそうでなければならない。あらゆる文化の本質はものまねであるからだ。

世阿弥は「稽古は強かれ、情識はなかれ」と言った。

「情識」は傲慢のことだ。稽古には厳しい姿勢で臨み、慢心してはならない。稽古とは古（いにしえ）を稽（かんが）えることであり、物を学ぶのが物学（ものまね）である。

アリストテレス（紀元前三八四～紀元前三二二年）は「芸術は模倣の様式である」と言った。「独創」は近代人の幻想にすぎない。そもそもオリジナルなものが現在に発生するわけはない。

ゲーテは「独創」を嗤った。

――まるまると太った男をつかまえて、牛か羊か豚か、どれを食べてそんなに力をつけたのか、などとたずねるようなものさ。もちろんわれわれは素質を持って生れてくるのだが、しかしわれわれが成長していくのは、広い世界の数知れぬほどの影響のおかげであり、この世界から、自分にできるものや、自分にふさわしいものを身につけるからなのだ。

——『ゲーテとの対話』

われわれが最も純粋な意味でこれこそ自分たちのものだといえるようなものは、実にわずかなものではないか。われわれはみな、われわれ以前に存在していた人たち、およびわれわれとともに存在している人たちからも受け入れ、学ぶべきなのだ。

（中略）

きわめて多くの善良な人たちはこのことに気づかず、独創性の残骸にふりまわされて人生の大半を暗中模索しているのだよ。私は、自身がいかなる大家にも師事しないことを、むしろすべてが自分自身の天才のおかげだと自慢している芸術家たちを知っている。愚かな連中さ。それがどこででも通ると思っている。

——同前

小林も独創のばかばかしさに気付いていた。

真似は尋常な行為である。子供は、理解する前に、先ず真似をしなければ、大人にはなれないし、私達の生活の大部分は人真似で成立っている。真似をするには、他人の存在が必要であるのみならず、他人への信頼が必要である。両者は、私達の尋常な生活感情のなかでは、一つのものだ。

——「金閣焼亡」

近代においては個性や独自性が求められる。過去を見失った結果、誰もが独創を主張するようになった。ジャリタレのポップスでさえ、盗作がどうこうと騒がれるようになった。

今の日本では生きた芸能はものまねだけである。

ニッコロ・マキャヴェッリ
（1469～1527年）
イタリアの政治思想家

政治思想家のニッコロ・マキャヴェッリ（一四六九～一五二七年）が言うように、一流の人間とは一流の人間の真似をした人間である。アルゲアス朝マケドニア王国の君主アレクサンドロス（紀元前三五六～紀元前三二三年）はアキレウス（ギリシャ神話に登場する人物）を、共和政ローマ期の政治家ガイウス・ユリウス・カエサル（紀元前一〇〇～紀元前四四年）はアレクサンドロスを、古代ローマの軍人スキピオ（紀元前二三六〜紀元前一八四年）はアケメネス朝ペルシアの創始者キュロス二世（紀元前六〇〇年頃〜紀元前五二九年）を模倣した。

先日、久しぶりに新宿のバーに行ったが、店の女（いや、女性）三人（四〇歳前後）が、君島遼もノブ&フッキーも知らなかった。これが日本の現実である。

歌とはものまねである

そもそも歌とはものまねである。小さな子供は音符と歌詞により曲を再現するのではなく、幼稚園の先生が歌うのを耳でコピーする。よく聞きこんだ曲はカラオケで簡単に歌うことができるが、初めて聞いた曲を歌うのは難しい。でもその曲が好きなら、何度も聞いているうちに歌うことができるようになる。

その場合、音符を記憶するのではなく、曲と呼吸を合わせるという形になる。

平家物語は読むものではなく聞くものだった。

言葉と音楽の発生は同じだと小林は言う。

リズムや旋律の全くない言葉を、私達は喋ろうにも喋れない。歌はそこから自然に発生した。古い民謡は、音楽でもあり詩でもある。而も歌う人は、両者の渾然たる統一のなかにあるのであるから、その統一さえ意識しませぬ。彼はただ歌を歌うのだ。ただ歌を歌うのであって、いかなる歌詞をいかなる音楽によって表現しようかという様な問題はそこにはないのであります。

――「表現について」

モーツァルトも模倣を繰り返した。

或る他人の音楽の手法を理解するとは、その手法を、実際の制作の上で模倣してみるという一行為を意味した。彼は、当代のあらゆる音楽的手法を知り尽した、とは言わぬ。手紙の中で言っている様に、今はもうどんな音楽でも真似出来る、と豪語する。彼は、作曲上でも訓練と模倣とを教養の根幹とする演奏家であったと言える。

――「モオツァルト」

モーツァルトが独創を行うことができたのは、ものまねを極めたからである。
これは世阿弥の言う「型破り」と同じだ。「秘すれば花」という有名な言葉があるが、「花」とは比喩ではなく、具体的な美のことだ。それを示すためには、稽古を積み、芸を隠し持たなければならない。
これが「秘すれば花」の意味だ。

世阿弥は最初に写実的な「ものまね」を身につけるべきだと言う。

物まねの品々、筆につくしがたし。さりながら、この道の肝要なれば、その品々を、いかにもいかにも嗜むべし。

——『風姿花伝』

その上に、高貴で、しとやかで、優美である「幽玄」を醸し出す。それは稽古により身に着けた「型」の組み合わせにより示される。
そして最後の境地が「型破り」である。

物まねに似せぬ位あるべし。物まねを究めて、そのものに真に成り入りぬれば、似せんと思ふ心なし。

——同前

最初から型がなければ、単なる「型なし」だ。
小林の思想は、ほぼ同世代のイギリスの政治哲学者マイケル・オークショット（一九〇一〜九〇年）やポランニー、ドイツの哲学者オスヴァルト・シュペングラー（一八八〇〜一九三六年）といった人々と同じ地平に達していた。それが可能だったのは、ゲーテをはじめとする巨人の思考回路をそのまま真似してみせたからだろう。

模倣してみないで、どうして模倣出来ぬものに出会えようか。僕は他人の歌を模倣する。他人の歌は僕の肉声の上に乗る他はあるまい。してみれば、僕が他人の歌を上手に模倣すればするほど、僕は僕自身の掛けがえのない歌を模倣するに至る。これは、日常社会のあらゆる日常行為の、何の変哲もない原則である。

――「モオツァルト」

近代人はうぬぼれ、傲慢になった。

例えば、ボオドレエルは、個性とか独創とか孤独とかいう言葉を、一手でしょい込んでいるような詩人であるが、彼が書いた近代批評の傑作「ローマン派芸術」をよく読めば、彼が、当時の画家達の新しい個性発揮の競争に、どんなに苦り切っていたかがよくわかる。彼に言わせれば、新工夫の自由を満喫した「解放された職人」達は、模倣しつつ独創に達する道を知らず、独創を言いながら、模倣ばかりしている危険人種に過ぎぬ。

――「歴史」

努力したところで独創的な文学や個性的な思想ができるわけではない。

結局、自己に忠実だった人が、結果として独創的な仕事をしたまでだと小林は言う。

それは、実際の物事にぶつかり、物事の微妙さに驚き、複雑さに困却し、習い覚えた知識の如きは、肝腎要（かんじんかなめ）の役には立たぬと痛感し、独力の工夫によって自分の力を試す、そういう経験を重ねて着々と得られるものに他ならない。

——「疑惑Ⅰ」

なお、私がこれまで書いてきた本は引用が多い。本書もそうである。自分で改めて書くよりもそちらのほうが早いし、正確であるからだ。内容に関しては一〇〇パーセント、先人の知恵のパクリである。そもそも、世の中にあふれている文章は、出典を明記しないか、出典を特定できない引用に過ぎない。私が好きなゲーテの言葉を引用しておく。

私のメフィストーフェレスも、シェークスピアの歌をうたうわけだが、どうしてそれがいけないのか？　シェークスピアの歌がちょうどぴったり当てはまり、言おうとすることをずばり言ってのけているのに、どうして私が苦労して自分のものをつくり出さなければならないのだろうか？　だから、私の『ファウスト』の発端が、『ヨブ記』のそれと多少似

ているとしても、これもまた、当然きわまることだ。私は、そのために非難されるには当らないし、むしろほめられてしかるべきだよ。

――『ゲーテとの対話』

素読的方法

すでに述べたように、泳ぐ練習は水に慣れることから始まります。

そして何度も泳ぐうちにフォームが定まってくる。

剣道でも野球でも、素振りにより、型を体に染みつけます。

そうすると、後から気づくことがある。

素読（そどく）も同じです。

素読とは、古典の原文を何度も繰り返し読み、書物を用いないで誤りなく言うことができるようにする学習方法です。意味や内容は二の次とし、丸暗記する。

中世以来盛んになった方法で、江戸時代には漢文の初心者（主に子供）が、漢学塾などで学んだ。

しかし、近代においてはすこぶる評判が悪い。

なぜなら、近代においては言葉の姿より、意味が重視されるからだ。

小林は嘆く。

いまの教育は暗誦させないですね。ものごとを姿のほうから教えるということをしない。「万葉集」なら「万葉集」を、解説や周辺の知識を持ちこんでしまって、感覚的に読むことをしない。それから古典の現代訳をひじょうに無神経にやることなんかも間違いの根本ですね。姿があるのは造型美術だけではない。言葉にも姿がある。日本人ならかならず日本の言葉についての姿の感覚があるはずです。その感覚を浮かび上がらせるのが教育ですよ。

――「教養ということ」

ある歌がうるわしいと感じるのは、歌の姿がうるわしいと感じることだと小林は言う。そのように姿をはっきりと感じられるように、言葉が並んでいる。万葉歌も、読む者の想像裡に、万葉人の命の姿を持ち込んでいる。リズムが「型」をつくるのである。

小林は素読を単純に暗記強制教育と考えるのは間違っていると言う。

暗記するだけで意味がわからなければ、無意味なことだと言うが、それでは「論語」の意味とはなんでしょう。それは人により年齢により、さまざまな意味にとれるものでしょう。一生かかったってわからない意味さえ含んでいるかも知れない。それなら意味を教えることは、実に曖昧(あいまい)な教育だとわかるでしょう。

——『人間の建設』

教養とは型である

「詰め込み教育はよくない」とか「考える力を伸ばせ」とか言いたがる人たちがいます。しかし、なにもないところに思考が成立するわけはない。

小林は丸暗記させる教育だけが意味があると言います。

自由教育ということがしきりに言われるけれど、おかしな言葉だと思う。自由と教育とは矛盾した言葉じゃないですか。教育というものはやはりぼくは厳格な訓練だと思いますね。

（中略）

教育の結果、生徒の個性を伸ばすことが出来たら、それは結構なことだが、先ず個性を伸ばそうという動機が教育者の側にあったらへんなことになりはしないか。

——「人間の進歩について」

「論語」はまずなにをおいても、「万葉」の歌と同じように意味を孕(はら)んだ「すがた」なのです。古典はみんな動かせない「すがた」です。その「すがた」に親しませるという大事なことを素読教育が果たしたと考えればよい。「すがた」には親しませることが出来るだけで、「すがた」を理解させることは出来ない。とすれば、「すがた」教育の方法は、素読的方法以外には理論上ないはずなのです。
——『人間の建設』

型をそのまま受け容れることが文化であり、それを子供に伝えることが教育です。ガキはそれを問答無用で身につけることにより文化を継承する。理論や理屈は、型が身についた後についてくるものです。

九九も型です。

サザンガク、シシジュウロク、ゴゴニジュウゴ、ロクロクサンジュウロクというのは、頭の中で計算しているのではなくて、身体に覚えこませているだけです。

この程度の話なら、三を三つ足すだけなので簡単に検証できるが、これが伝統芸能になるとはるかに複雑になる。だから引き継がれてきた型を身体に叩き込まなければならない。

小林は言う。

フォルム（forme）とは言うまでもなく形の事だ。

（中略）

formeという言葉はformaから発したのであろうが、中世の教養人にとって、フォルマとは、恐らく世界観の上で根柢的な考えを現していたであろう。凡そ物の形とは、物の本質である事を、思索人は疑いはしなかったであろう。それよりも、私達が日常使っている「かたち」だとか「すがた」などとかいう言葉は、私達の記憶とともに古いのだが、「万葉」の「すがた」とか「源氏」の「かたち」とかという言葉に比べて、どれほど極限された貧しい意味合いに使われているかを想いみれば足りるのである。

——『近代絵画』

近代人は分解して解析しないと気がすまない。

しかし、型は分解できない相互の連関である。


物事の認識や理解の基準として、形というものは何んの役にも立たぬという強い考えが支配する様になった。見掛けの形を壊してみなければ、物の正確な理解には達し得ないという傾向が、近代の教養や知識の原動力となった。

——同前

本居宣長

大事なことは理論によって対象を裁断することではなく、対象に馴染むことである。すでに述べたように、それは真似であり、偉大なものに敬意を示すことである。

これまでの説明を踏まえれば、小林がベルグソンの次に本居宣長をテーマにした理由もよくわかる。

文芸評論家の吉本隆明（一九二四～二〇一二年）は言う。

> なぜ本居宣長なのか。かれは漢字の表意文字や表音文字を象形として「眺め」たり、音声として「聞い」たりということを、ただひとつの直観的な武器として、わが古典の世界にわけ入り、すぐれた学問的な業績と、勧善懲悪的な効用論から自立した文学論と、愚かな民族思想に同時に到達した巨匠だったからだ。本居宣長の像は、小林秀雄の自画像であり、本居宣長の直観的な武器は小林秀雄の批評の方法の自画像にあたっている。
>
> ――「小林秀雄について」

要するに、現代人の「さかしら」な解釈により古典を理解するのではなく、古典の「形」

が見えてくるまで見たり、声が聞こえてくるまで聞くということだ。
解釈書を読んでもなにもわからない。自分を空にして古典と向き合い、当時の社会や人物の世界に入り込まなければならない。

歌は読んで意を知るものではない。歌は味うものである。似せ難い姿に吾れも似ようと、心のうちで努める事だ。ある情からある言葉が生れた、その働きに心のうちで従ってみようと努める事だ。これが宣長が好んで使った味うという言葉の意味だ。——「言葉」

本居宣長（1730～1801年）
国学者

漢ごころの根は深い。何にでも分別が先きに立つ。理屈が通れば、それで片をつける。それで安心して、具体的な物を、くりかえし見なくなる。そういう心の傾向は、非常に深く隠れているという事が、宣長は言いたいのです。そこを突破しないと、本当の学問の道は開けて来ない。それがあの人の確信だったのです。その自己証明が「古事記伝」という仕事になった。

——「『本居宣長』をめぐって」

儒学者の山鹿素行（一六二二～八五年）は「耳を信じて目を信ぜず、近きを棄てて遠きを取り候事、是非に及ばず、寔（まこと）に学者の痛病に候」と言った。

これは「古典の訓詁注釈を信じるな」「古典という歴史事実に注目せよ」という意味だと小林は言う。耳を信じるとは努力をしないでも聞こえてくる知識のことであり、目を信じるとは、眼前に見える事物を信じるのではなく、「心の眼を持て」と言ったのだと。

素行は一五、六歳の頃には、立派な師になっていた。

当時の学問は、「読みの深さ」で勝負が決まった。

今日の学問の概念には親しい、新事実の発見、新仮説、新法則、そのようなものを、彼等は夢にも思った事はない。その点で、当時の学問とは、学というよりむしろ芸に似ていた。彼等の思想獲得の経緯には、団十郎や藤十郎が、ただ型に精通し、その極まるところで型を破って、抜群の技を得たのと同じ趣がある。彼等の学問は、彼等の渾身（こんしん）の技であった。

——「学問」

「眼光紙背」という言葉がある。

背後にあるものを見抜くという意味だ。

小林の興味はそこにしかなかった。

そして小林を読む意味もそこにしかない。

ついでに言えば、世の中に数多ある「小林秀雄論」の多くがたいてい失敗している理由は、「野心」や「企図」に溢れているからだ。

世代的な問題もあるのかもしれませんが、必要以上に気負っている書き手が多い。

そんな連中の個人的な思い入れなど誰も読みたくない。

小林の「正統な後継者」を自称する狂人もいるし、鹿島茂のような比較的まともな人でも、『ドーダの人、小林秀雄』みたいなトンデモ本を書いてしまう。

なお、凡百の「小林秀雄論」について、小林自身はこう言っている。


　わかったつもりで書いているんだろうが、おれのことをほんとにわかって書いた人はひとりもいないね、けっきょくは創作だよ、その人の。　　――『兄　小林秀雄との対話』

私は気負わず、小林について書きたいことだけ書くことにした。

第三章　小林秀雄の目

小林秀雄の目

すぐれた芸術作品を見ると、落ち着かない気分になります。

心が揺り動かされるからです。

われわれは芸術を通して別の世界が存在することを知る。

小林はランボーの詩「酔どれ船」を分析した上で言います。


彼の詩は知的な構成を欠いている。

（中略）

恐らくランボオは、ここで、海に見入り海を歌っているランボオという男を、あたかもあの奇怪な精神病者が己れの姿を何んの驚きもなく眺める様に、まざまざと見たのではあるまいか。彼の異様な視覚は、見たままを描いた。まるで運命を予見する様に。詩は、そういう印象を僕に与えるのである。

——「ランボオIII」


実際、ランボーは詩人のポール・ドムニー（一八四四〜一九一八年）宛の手紙にこう書いている。

千里眼でなければならぬ、千里眼にならなければならぬ、と僕は言うのだ。詩人は、あらゆる感覚の、長い、限りない、合理的な乱用によって千里眼になる。恋愛や苦悩や狂気の一切の形式、つまり一切の毒物を、自分を探って自分の裡で汲み尽し、ただそれらの精髄だけを保存するのだ。言うに言われぬ苦しみの中で、彼は、凡ての信仰を、人間業を超えた力を必要とし、又、それ故に、誰にも増して偉大な病者、罪人、呪われた人、――或は又最上の賢者となる。彼は、未知のものに達するからである。彼は、既に豊穣な自分の魂を、誰よりもよく耕した。彼は、未知のものに達する。そして、狂って、遂には自分の見るものを理解する事が出来なくなろうとも、彼はまさしく見たものは見たのである。


小林も目が見えていた。

そして豊穣な自分の魂を耕した。

だから、自分と同じように目が見えている他の人間が気になった。

詩人の中原中也（一九〇七～三七年）と小林はある女性を巡り三角関係にあった。小林が中原の愛人を奪い取ったことにより、しばらく絶縁状態にあったが、やがて二人は再会す

中原中也（1907～1937年）
詩人、歌人、翻訳家

る。

小林と中原は石に腰掛け、海棠が散るのを見ていた。

小林は花びらが落下する運動について考えているうちに、キリがないので、急に嫌な気持ちになった。すると、黙って見ていた中原は、突然「もういいよ、帰ろうよ」と言った。小林は動揺し、「お前は、相変らずの千里眼だよ」と応じたという。

詩は感傷の産物ではない。見えたものを具体的な形にする作業である。

泣いていては歌は出来ない。悲しみの歌を作る詩人は、自分の悲しみを、よく見定める人です。悲しいといってただ泣く人ではない。自分の悲しみに溺れず、負けず、これを見定め、これをはっきりと感じ、これを言葉の姿に整えて見せる人です。

詩人は、自分の悲しみを、言葉で誇張して見せるのでもなければ、飾り立てて見せるのでもない。一輪の花に美しい姿がある様に、放って置けば消えて了う、取るに足らぬ小さ

――な自分の悲しみにも、これを粗末に扱わず、はっきり見定めれば、美しい姿のあることを知っている人です。

――「美を求める心」

万葉詩人は「言絶えてかく面白き」と歌った。

山部赤人（生年不詳〜七三六年）は、「『言絶えて』珍らしく面白き富士山の美しさを見た」。言葉で言い現すことができないものを、言葉にするところに詩人の技巧や苦しみがあると小林は言う。そういう苦しみを通じないと、詩人は決して存在に肉迫することはできないと。

ピカソは「私は対象を見えるようにではなく、私が見たままに描くのだ」と言った。

ベルグソンは言う。

――画家が画布の上に定着するのは、かれがある日、ある場所で、ある時間に見たものであり、二度とふたたび目にすることのないものである。詩人が歌うのは、かれのもの、かれだけのものであり、もはや決して帰ってこないこころの状態である。

――『笑い』

徒然わぶる人

随筆家の吉田兼好（一二八三年頃〜一三五二年頃）は言う。


達人（たつじん）の人を見る眼（まなこ）は、少しも誤（あやま）る所あるべからず。

（中略）

愚者（ぐしや）の中（うち）の戯（たはぶ）れだに、知りたる人の前にては、このさま〴〵の得（え）たる所（ところ）、詞（ことば）にても、顔にても、隠（かく）れなく知られぬべし。まして、明（あき）らかならん人の、惑（まど）へる我等（われら）を見んこと、掌（たなごころ）の上（うへ）の物を見んが如し。

——『徒然草』

目が見える人間はものが見えてしまう。

兼好には、概念の背後にある広大な世界が見えていた。

小林は言う。


「徒然わぶる人」は徒然を知らない、やがて何かで紛れるだろうから。やがて「惑（まどひ）の上に酔ひ、酔の中に夢をなす」だろうから。兼好は、徒然なる儘に、「徒然草」を書いたのであって、徒然わぶるままに書いたのではないのだから、書いたところで彼の心が紛れたわけではない。紛れるどころか、眼が冴えかえって、いよいよ物が見え過ぎ、物が解り過ぎる辛(つら)さを、「怪しうこそ物狂ほしけれ」と言ったのである。

――「徒然草」

目が見えすぎるのは狂気と紙一重のところがある。

人間の脳はパターン認識を行っているので、いちいち目の前にあるものをあらためて見たりはしない。しかし、脳の働きが止まらない人間は、必要以上に見てしまう。

彼らは悩むのだろう。

なぜ他の人間は目の前にあるものが見えないのかと。

吉田兼好
(1283年頃～1352年頃)
随筆家、歌人

物が見え過ぎる眼を如何に御(ぎょ)したらいいか、これが「徒然草」の文体の精髄である。

彼には常に物が見えている、人間が見えている、見え過ぎている、どんな思想も意見も彼を動かすに足りぬ。評家は、彼の尚古(しょうこ)趣味を云々（うんぬん）するが、彼には趣味という様なものは全くない。古い美しい形をしっかり見て、それを書いただけだ。

——同前

「徒然草」の二百四十幾つの短文は、すべて彼の批評と観察との冒険である。それぞれが矛盾撞着（どうちゃく）しているという様な事は何事でもない。どの糸も作者の徒然なる心に集って来る。

——同前

整合性は問題ではない。見たものをそのまま書けばそうなるのである。整合性とは概念で裁断した結果にすぎない。

道頓堀

小林は「乱脈な放浪時代の或る冬の夜」、大阪の道頓堀をうろついていたときに突然、モーツァルトの「ト短調シンフォニイ」の有名なテーマが頭の中で鳴ったという。交響曲第四〇番ですね。

僕がその時、何を考えていたか忘れた。いずれ人生だとか文学だとか絶望だとか孤独だとか、そういう自分でもよく意味のわからぬやくざな言葉で頭を一杯にして、犬の様にうろついていたのだろう。兎も角、それは、自分で想像してみたとはどうしても思えなかった。街の雑沓の中を歩く、静まり返った僕の頭の中で、誰かがはっきりと演奏した様に鳴った。僕は、脳味噌に手術を受けた様に驚き、感動で慄えた。――「モオツァルト」

私も若い頃、よく日本中を放浪していたが、道頓堀を歩いているときに突然頭の中でメロディーが鳴ったことがある。

〽坂田三吉（ママ）　端歩もついた
銀が泣いてる　勝負師気質

歌手フランク永井（一九三二～二〇〇八年）の「大阪ぐらし」だが、棋士の阪田三吉（一八七〇～一九四六年）といえば通天閣のイメージである。頭の中で曲を再生したら、二番に法善寺が出てきた。

〽がたろ横丁で　行き暮れ泣いて

ここが思案の　合縁奇縁
おなごなりゃこそ　願かけまする
　恋の思案の　法善寺

道頓堀近くの法善寺横丁に本湖月という料理屋があり、そこで何度か皿を見せてもらったことがある。

しばらく行かないうちに、一人客を取らない店になっていた。

きちんとした料理屋は一人客を大切にすべきだ。

街場の中華料理屋や焼き肉屋なら二人でも三人でもいい。給食なら一〇〇人で食べてもいい。

でも一対一で向かい合わなければならない料理は存在する。

言葉は邪魔になる。

酒もそうだ。

一人でぼんやり考える時間がほしいからではない。酒に向かい合うためである。

小林は仲間や編集者とよく飲み歩いていたが、本当は独酌が好きだった。

黙るということ

私はよく美術館に行きます。

上野に行くときは国立西洋美術館、東京都美術館、上野の森美術館などで特別展をやっているかチェックする。国立西洋美術館の常設展も毎回行きます。

地方や海外に行くときも、その都市にある大きな美術館にはたいてい立ち寄ります。休日に行くと美術館には行列ができていたりする。老若男女問わず、食い入るようにして絵を見ています。

それはなぜかと一度考えたことがあるのですが、不安だからではないか。

普段自分の目に映っているものと違うものが描かれているので、落ち着かなくなる。それは言葉で説明できる感情ではない。

小林は言葉は目の邪魔になると言います。

野原を歩いていて一輪の美しい花が咲いていたとする。

それを見て、「何だ、スミレの花か」と思った瞬間に、花の形も色も見るのを止めてしまう。

「スミレの花」という言葉が心の中に入ってくれば、目の動きは停止する。

それほど、黙ってものを見るのは難しい。

この感覚はよくわかります。

美術館に行くと、入場口でオーディオガイドの機械を貸し出していたりする。絵の横にあるナンバープレートと同じ番号を押すと、ヘッドホンから音声で解説が流れてくる仕組みだ。海外の美術館でも、日本語の説明を選択できるオーディオガイドをよく見かけます。

参考にもなり便利ですが、言葉が目の邪魔をするようになる。

ごくたまにですが、美術館で蘊蓄を垂れる人々がいる。

先日遭遇したのは七〇代くらいのジジイ三人組。この絵は印象派のどうのこうのとしゃべっている。この不快さは、単にマナー違反というだけではない。言葉を持ち込むべきではない領域に、無神経に言葉を持ち込むことがおかしいのだ。

ベルグソンが言うように最初にラベルを貼ってしまう。

絵の横にあるプレートに書かれた画家の名前と説明を先に見てしまう。

頭の中で絵を分類し、解釈してしまう。

優れた芸術作品が表現する「言葉では言い難いもの」は、その作品固有の様式と切り離すことはできないと小林は言う。

当たり前だ。

絵という様式でしか示せないから、絵を描くのである。
しかし、その原理が無視されるようになったのが近代だ。

明確な形もなく意味もない音の組合せの上に建てられた音楽という建築は、この原理を明示するに最適な、殆ど模範的な芸術と言えるのだが、この芸術も、今日では、和声組織という骨組の解体により、群がる思想や感情や心理の干渉を受けて、無数の風穴を開けられ、僅かに、感官を麻痺させる様な効果の上に揺いでいる有様である。

（中略）

音を正当に語るものは音しかないという真理はもはや単純すぎて（実は深すぎるのだが）人々を立止まらせる力がない。音楽さえもう沈黙を表現するのに失敗している今日、他の芸術について何を言おうか。

――「モオツァルト」

音楽は目的ではなく手段に成り下がった。「言葉では言い難いもの」どころか「言葉で簡単に言えること」を表現するようになった。

骨董と美の観念

小林は昭和一六年頃から、骨董の売買により生計を立てるようになった。

> だから、俺も明日からでも陶器(せともの)商売が出来る。そこまで行かなければ、何があんた、陶器が判るものかね。
> (中略)
> 僕は陶器(せともの)で夢中になってた二年間ぐらい、一枚だって原稿書いたことがない。陶器を売ったり買ったりして生活を立てていた。
> ――「伝統と反逆」

小林に骨董を教えた装幀家、美術評論家の青山二郎（一九〇一～七九年）は、小林を評する文章の中で、「思想」と「顔」に「タッチ」とルビを振った。

> 小林の思想(タッチ)を読者は随所に発見しながら、発見とは同時に読者自身の立場を発見することになる、と謂う瞑想(めいそう)に導かれる。併(しか)し読者は瞑想に耽(ふけ)る前に、何処(どこ)かで、兎(と)に角(かく)、読者の心に浮び上った著者の本当の顔(タッチ)を、正確に、一度捕えて置かなければならない。これが

鍵（かぎ）である。この顔は小林独得のもので、何（ど）んなに短い何気ない文章の中にも、キット隠れている。

――「美の問題」

やはり思想も顔もタッチなのだ。

そこでは解釈を止めなければならない。

ものと親身に交わらなければならない。

ものを外から知るのではなく、ものを身に感じて生きなければならない。

そう考えた小林は自分でも呆れるほど、造形美術にのめりこんでいく。

青山二郎（1901～1979年）
装幀家、美術評論家

色と形との世界で、言葉が禁止された視覚と触覚とだけに精神を集中して暮すのが、容易ならぬ事だとはじめてわかった。今までいろいろ見て来た筈（はず）なのだが、何が見えていたわけでもなかったのである。文学という言葉の世界から、美術というもう一つの言葉の世界に、時々出向いたというに過ぎなかった。

（中略）
美の観念を云々する美学の空しさに就いては既に充分承知していたが、美というものが、これほど強く明確な而も言語道断な或る形であることは、一つの壺が、文字通り僕を憔悴させ、その代償にはじめて明かしてくれた事柄である。美が、僕の感じる快感という様なものとは別のものだとは知っていたが、こんなにこちらの心の動きを黙殺して、自ら足りているものとは知らなかった。美が深ければ深いほど、こちらの想像も解釈も、これに対して為すところがなく、恰もそれは僕に言語障碍を起させる力を蔵するものの様に思われた。それでも眼が離せず見入っていなければならないのは、自分の裡にまだあるらしい観念の最後の残滓が吸い取られて行くのを堪えている気持ちだった。——「『ガリア戦記』」

うっかりしていると、言葉はすぐに侵食してくる。そして観念に支配されてしまう。頭で考えてしまう。絵を見ても落ち着かないから、論評しようとする。美術史の中に位置づけて、ガラスケースに飾る。先ほどのジジイ三人組のように。

―インテリゲンチァの美というものに対する態度に欠けているんですよ。非常に欠けているな。だからどっからはいるかというと、頭の方からはいる。上の方の思想とか、知識、個性などから美のなかにはいろうとするから道が逆なんだ。

　土からだんだんと育って、ロクロに乗って形ができ、釉がかかり、絵付けがされて、人為的なものがそこにできてくるでしょう。そこに時代が出たり、個性が出たりなんかしましょうが、ともかく、材料が仕上がる方向にものを見る見方ですよ。そういう見方がインテリゲンチァには養われないんですよ。だから美術の様式だとかなんとかいうところを、観念的にうろつくのです。

――「誤解されっぱなしの『美』」


小林は古代の土器類を眺めて思った。

人間は文字が誕生する前も、長い間、人間だった。

土器の曲線の優美さも、言葉で表現されるようなものではなかったのだ。

価値とはなにか

バカとは知識がないことではありません。

子供には知識はないが、バカとはいわない。

バカとは価値判断ができないことです。

大事なこととくだらないことの区別がつかないことです。

それでは価値を判断する能力をどのように高めればいいのか？

まずは一流のものにあたることです。一流のものとは、一流の人間が一流だと判断したものです。一流の人間とは一流の人間が一流だと判断した人間のことです。

だから、その歴史に連なる努力をしなければならない。

小林は言います。


質屋の主人が小僧の鑑賞眼教育に、先ず一流品ばかりを毎日見せることから始めるのを法とする、ということを何かで読んだが、いいものばかり見慣れていると悪いものがすぐ見える、この逆は困難だ。

——「作家志願者への助言」


だいたい本物、にせ物の見分けより、本物同士の間に上下をつける方が、むずかしくおもしろいことなのだ。そんなことを何百年もやっている間に、この雑然たる世界に、動かせない秩序が生まれてくるのだね。鑑賞というものは、その秩序を許容しておのれを失うことなのです。生意気なことをこちらから勝手に言う、そんなものじゃないんです、あの世界の経験は。

——「誤解されっぱなしの『美』」

骨董だけではなく、絵画でも小説でも音楽でも食事でも同じことだ。

偉大なものには定期的に触れ続けなければならない。

そして小賢しい解釈を慎み、まずはそれを受け容れなければならない。

小林は、美はいつも人間が屈従するものだと言う。

偉大なものにあたれば、口数は減る。

小林は「感心するにも大変複雑な才能を要する」と言った。

偉大なものを偉大であると理解するには修練が必要です。

小林は「絵だけが姿を見せるのではない」と言う。音楽にも文学にも姿がある。

「姿のいい人」「様子のいい人」というのは、単に姿勢が正しいとか、恰好がいいという意味ではなく、その人の優しい心や、人柄も含まれている。

絵や音楽や詩の姿もそのようなものだと。

こうした姿を感じる能力は誰にでも備わっているが、それは養い育てようとしなければ衰弱してしまう。

近代とは人間の生の衰弱の過程である。

近代人はその歪んだ歴史観により、過去を軽視するようになった。

自分たちこそが、歴史の最先端に立っていると思い込むようになった。

万能感に酔いしれた近代人は、自分たちが理解できる範囲に、あらゆるものを押し込めていった。そしてそれを「世界」と誤認した。

ニーチェはイエス（紀元前四年頃〜三〇年頃）と弟子の関係にそれを見出しました。イエスの豊穣さは、弟子のせまい枠内に閉じ込められた。卑小な人間は偉大な人間を理解できない。

いくらいい音楽を聞いても、耳がポンコツなら意味がない。食事や酒も同じ。舌がポンコツなら、なにもわからない。

ものを感じる力

知識や学問を身に着けることにより、人はものを感じる能力をおろそかにするようになると小林は言います。与えられたものを享受する代わりに、これを分析し解体し、解釈しなければ気がすまない。

例えば、ある花の性質を知るとは、どんな形の花弁が何枚あるか、雄蕊（おしべ）、雌蕊（めしべ）はどんな構造をしているか、色素は何々か、という様に、物を部分に分け、要素に分けて行くやり方ですが、花の姿の美しさを感ずる時には、私達は何時も花全体を一と目で感ずるのです。

――だから感ずる事など易しい事だと思い込んで了うのです。　　　　――「美を求める心」


全体で一つなのであり、分解してしまえばなにもわからなくなる。

先日、『博士の愛した数式』という映画を見た。

八〇分しか記憶が持たない元数学者の「博士」は、家政婦の一〇歳の息子に「ルート」という渾名をつけた。博士はルートに「一とはなにかは難しい問題なんだ」と言う。そして一枚の枯葉を手で握って粉々にし、「全体が一つで枯葉なんだ。ルートも全体で一。一つの中に全体が調和していて美しい。よいこととはそういうことなんだよ」と語りかける。

全体を受け容れるには、虚心になり、自分を捨てることだ。それは、自分の心を賭けることだと小林は言う。現代人は、頭でっかちになっているので、耳を澄ますこともできなくなっている。どれだけの音を聞き分けているか、自分の耳に問うという忍耐強い修練をやる人もすくなくなっている。しかし、そこに一切がある。

メロディーは音の連関であり、分解しても意味はない。

音楽はただ聞こえてくるものではない。

聞く側にも資格がある。

作者が表現しようとするものに近付くためには、耳を澄ます以外にない。これは耳の修練であって、頭ではどうにもならない。

絵を見るのも同じだと小林は言う。


絵を見るとは一種の練習である。練習するかしないかが問題だ。私も現代人であるから敢えて言うが、絵を見るとは、解っても解らなくても一向平気な一種の退屈に堪える練習である。練習して勝負に勝つのでもなければ、快楽を得るのでもない。理解する事とは全く別種な認識を得る練習だ。現代日本という文化国家は、文化を談じ乍ら、こういう寡黙な認識を全く侮蔑している。そしてそれに気附いていない。

――「偶像崇拝」


以前、ある素晴らしいレストランに行ったときの話を知人にしたら、「どのようにおいしかったのか」と聞かれた。「言葉では説明できない」と答えると、「適菜さんは言葉を商売にしているのだから、言葉で説明できないのはダメでしょう」と。それで少しがっかりした。だったら、言葉で説明できるものだけを食っていればいい。

いや、技術や素材についてはいくらでも説明できるけど、それは料理の説明ではない。料理人になるために修業が必要なのは、料理は理論の集積でないからだ。

言葉の侵食と闘っている料理人に「おいしいですね」と言うのは、プロのピアニストに

「ピアノがお上手ですね」と言うようなものだ。

美しいものに感動したとき、それを言葉で言い表せないと思った経験は、誰にでもある。それを「なんとも言えない」と表現する。

それこそが、画家が目を通して、音楽家が耳を通して伝えようとするものだと小林は言う。

美には、人を沈黙させる力があるのです。これが美の持つ根本の力であり、根本の性質です。絵や音楽が本当に解るという事は、こういう沈黙の力に堪える経験をよく味(あじわ)う事に他なりません。

——「美を求める心」

料理も同じである。まずは黙ることだ。

クロード・モネ

ロンドンのナショナルギャラリーに行ったとき、強烈に惹きつけられた絵があります。モネの『睡蓮』は二〇〇点以上ありますが、そのうちの一枚で、他のどこの美術館で見た『睡蓮』より圧倒的によかった。絵の前で動けなくなり、他の絵の記憶が全部吹っ飛んだ。ここまで一枚の絵に惹きつけられたのははじめてだったので、その惹きつけられる感覚をしっかり記憶しておこうと思った。

絵を見ているうちに、モネの目と同化していくような気分になる。別の部屋に行き他の画家の絵を見て戻ってくると、目は元に戻っている。

そしてまたしばらくモネの絵を見ているうちにモネの目に映ったものが見えるようになる。これは単なる印象ではなくて、「血行や消化に似た」確実な経験です。

一昔前にステレオグラム（立体画）の本が流行りました。ただの模様のように見えるが、目の焦点を手前や奥に動かすことにより隠された絵が浮かび上がってくる。もちろん、原理も絵の浮かび方も違うが、そのくらい隠されているものが具体的に見えてくるということだ。

それを私はモネの絵で知った。

モネは写真よりはるかに現実を写し取った。

当たり前だ。単なるスナップ写真なら、われわれが普段見ているものと同じである。

モネは概念を通して世界を見なかった。

「動いているもの」をそのまま描写した。

小林は言う。

モネは、印象主義という、審美上の懐疑主義を信奉したのではない。持って生れた異様な眼が見るものに、或は見ると信ずるものに否応なく引かれて行ったまでであろう。不安な視覚に堪え通したまでであろう。芸術家は、自分の創り出そうとするものについて、どんなに強い意識を持とうと、又、これについて論理的な主張をしようと、その通りに仕事ははこぶものではあるまい。

——『近代絵画』

モネ自身も手紙にこう書いている。

クロード・モネ
（1840～1926年）
フランスの画家

私は昔から理論が大嫌いでした。

（中略）

私のほめられるべきところは、たちどころに消えてしまう効果から受ける私の印象を表現しようと、自然を目の前にして直接描いたということだけです。私があるグループにつけられた名前〔印象派〕の原因になったということについては、困惑するばかりです。

――『モネ　印象派の誕生』

モネは印象派の絵を描いたのではない。
常に移り変わっていく自然の姿をそのまま描いた。

光を浴びた「ルアンの寺院」は、時刻によって、化物の様に姿を変える。時刻によって、大気の裡に、オレンヂとか青とかの主導的な色が現れるのであるから、風景を描くとは、この主導的な色彩の反映を展開させる事だ。
（中略）
光の壊れ方に気附いた時、画家は、物との相似性の観念をもう壊していた。

――『近代絵画』

日本とは違い、海外の美術館は写真撮影が許されているところが多い。それでも私は写真を撮ることはありませんが、例外中の例外として、ナショナルギャラリーの『睡蓮』は撮ってしまった。しばらくその『睡蓮』が頭から離れなかったが、帰国後半年ほどしてその写真をグーグルの画像検索にかけてみた。すると二つヒットしたが、そのうちの一つがナショナ

ルギャラリーのミュージアムショップだった。そこで複製を手に入れることができるとのこと。送料込みで五〇ポンドほど。

ウェブ上のサンプルの色があまりよくないので不安だったが注文。二週間ほどしてロンドンから段ボールの筒に入ったプリントが送られてきた。余白の部分があったのでカッターで切除し、あらかじめ用意しておいたポスターケースに入れた。ポスターケースのアクリル板は光を反射するので取り外した。

安物のポスターと違い、厚い紙にしっかりと絵の具の感覚がプリントされているが、なにかが違う。いや、違うのは当たり前だけど、なかなか絵の中に入っていくことができない。

部屋の照明をいろいろ調光しているうちに、少しはよくなった。それと、ポスターケースがあまりにも軽いので、部屋で扇風機を使うと、壁からぷかぷか浮くようになった。まあ、これは関係ありませんが。

パリのオランジュリー美術館には、楕円形の展示室に『睡蓮』の連作が飾られている。この展示室の設計はモネの構想によるものであり、天井から自然光を取り込んでいる。

光の問題はわれわれの側の問題でもある。

音楽について

言葉で表現できることなら絵画や音楽という形式をとる必要はない。

昔は、同じ観念なり感情なりを、絵で現すのが画家であり、詩で歌うのが詩人である、違うのは手段だけだ、と誰も考えていた。今日では、そういうのん気な考え方をするのは、表現というものに苦労したことのない人々だけである。少くとも画家や詩人は、絵は絵より他何も現していないし、詩は、絵にならないものばかりで出来ている、と考えている。

――『近代絵画』

耳は馬鹿でも、音楽について、悧巧(りこう)に語る事も出来る。つまり音楽を小説の様に読んでいる人は、意外に多いものであります。

――「表現について」

音楽を言葉の枠内に押し込める。
そしてそれを小説のように読んでしまう。
しかし、それはすでに音楽ではない。

絵を小説のように見るのも同じことだ。ポール・セザンヌ（一八三九〜一九〇六年）もピエール＝オーギュスト・ルノワール（一八四一〜一九一九年）もエドガー・ドガ（一八三四〜一九一七年）も、絵の批評や理論を嫌った。理論では絵が完成しないことを当事者は一番よく知っている。ベルグソンは言います。

こうして見れば、絵画でも彫刻でも、詩でも音楽でも、芸術の目的は、実用に役立つ記号の群れや慣習的社会的に受容されている一般観念、すなわち実在をわたしたちに隠している一切のものを取り除き、わたしたちを実在そのものに直面させる以外のものではないのである。

——『笑い』

美術史家のヤーコプ・ブルクハルト（一八一八〜九七年）は、詩人と芸術家に授けられているのは、「うつけたこの世界の抵抗に打ち勝つ」ための魅惑的で、晴れやかな美であると言う。

一　特殊科学の本務とするたんなる知識に満足せず、それどころか哲学の本務である認識にさえ満足せず、己れ自身の、多様な形態をとって現われる謎めいた本質に気づくと、精神は己れ自身の解しがたい諸力に対応する別な諸力がなお存在していることを予感する。その時発見されるのは、大きな、もろもろの世界が精神を取り巻いていて、これらの世界は精神のうちに形象として存在しているものにたいして形象の形でしか語りかけないということである。すなわち芸術がそれである。

——『世界史的考察』

第四章　保守にとって政治とはなにか

常識について

小林はよく「常識」という言葉を使いました。

　ぼくは常識をいっているだけだ。世間が常識外れだから、独創にみえるんだ。
　――知的孤高貫いた「批評の神様」小林秀雄氏（サンケイ新聞一九八三年三月一日）

小林は目が見えていた。
なぜ見えていたのか。
常識を残していたからです。
常識は誰でも持っているのではないか。だから常識というのではないか。
違う。それは過去の時代の話だ。
だから、小林は常識を守るのは難しいと言った。

――私達常識人は、専門的知識に、おどかされ通しで、気が弱くなっている。私のように、常識の健全性を、専門家に確かめてもらうというような面白くない事にもなる。機械だってそうで、私達には、日に新たな機械の生活上の利用で手一杯で、その原理や構造に通ずる暇なぞ誰にもありはしない。科学の成果を、ただ実生活の上で利用するに足るだけの生半(なまはん)可(か)な科学的知識を、私達は持っているに過ぎない。
――「常識」

われわれ近代人は、時間の経過とともに人間精神が進化するという進歩史観に毒されている。たしかに過去に比べて生活は便利になった。誰もが携帯電話を使いこなし、パソコンで仕事をしている。

しかし、ほとんどの人間は、携帯電話やパソコンの原理や構造を理解しているわけではない。与えられたものを便利だから使っているだけであり、こうした意味においては原始人となにも変わりはない。

にもかかわらず、人々は自分たちが文明の最先端にいると思い込むようになり、古典的な規範を認めず、視線を未来にだけ向けるようになった。過去に対する思い上がり、現在が過去より優れているという根拠のない自信。無知と忘恩。

これが大衆社会を規定しています。

小林は本質的な保守主義者でした。

現在の日本では保守の定義がかなりおかしくなっているので、あらためて説明しておきます。

本書は拙著『ミシマの警告　保守を偽装するB層の害毒』の続編としての性格も持つ。保守と保守主義の違い、新自由主義が保守と誤認されるようになった経緯など、基本的な説明はそちらで述べたが、大雑把に言えば、保守とは「常識」に従って生きることであり、保守主義とは「常識」が失われた時代に「常識」を取り戻そうとする動きのことである。

保守主義とはいうものの、それは「主義」ではなく、逆にイデオロギーを警戒する姿勢のことだ。

彼らは常に疑い、思考停止を戒める。安易な解決策に飛びつかず、矛盾を矛盾のまま抱え込む。人間社会という複雑なものについて考え続ける。保守の基盤は歴史や現実であり、そこから生まれる「常識」である。

常識がある人間は、革新勢力の「非常識」に驚き、「乱暴なことはやめろ」と警告する。

劇作家の福田恆存（一九一二〜九四年）が言うように、保守は常に革新勢力の後手にまわる宿命を負っており、特定の理念を表明するものではない。

火事が発生したら、バケツに水を汲んで消そうとする。

あるいは電話をかけて消防車を呼ぶ。

普段から防災訓練を行い、あらかじめ避難経路を確認しておく。

保守主義の本質は人間理性に対する懐疑です。

人間は完全な存在ではない。判断を間違える可能性がある。だから一部の人間の判断で社会全体が暴走しないように、あらかじめ制度を整えておく。

近代的理想の神格化が野蛮に行き着くプロセスを熟知すること、合理や理性の支配に対する抵抗、イタリアの哲学者ジャンバッティスタ・ヴィーコ（一六六八～一七四四年）にはじまる反デカルトの流れ……。こうした知的伝統が保守主義の基盤になっていますが、現在のわが国では保守はほぼ壊滅状態にあります。

口を開けば「改革」と唱える連中、ナショナリズムの解体を唱えるグローバリスト、冷戦時代で思考停止した単なる反共、財界と結びついた新自由主義者、ネオコンのトロツキスト、反皇室のアナーキスト、排外主義者、復古主義者（要するに理想主義者）、愛国コスプレ、ビジネス保守、政権ヨイショ乞食ライター、情弱のネトウヨ……。

要するに頭が悪い人たちが「保守」を自称するようになってしまった。

いわゆる「保守論壇」や「保守系新聞・雑誌」で文章を書いている連中でも、ほとんど保守を理解していない。せいぜいネトウヨに毛が生えた程度。某ラノベ作家に至っては毛さえ生えていない。

政治も完全に底が抜けてしまった。いまや共産党ですら口に出さなくなった「革命」という言葉が政権中枢から発せられるようになり、元ニートの総理大臣が「もはや国境や国籍にこだわる時代は過ぎ去りました」と言い出した。

結局、わが国には保守は根付かなかった。

近代が理解されなかったからです。

そしてこれは、保守思想の核心に到達した小林が、わが国で理解されてこなかった理由と同じです。

アキレスと亀

古代ギリシアの自然哲学者ゼノン（紀元前四九〇年頃〜紀元前四三〇年頃）は、アリストテレスによれば、質疑応答により知識を探究する方法（弁証法）を発見した人物とされている。ゼノンはいくつかのパラドクスを唱えたが、もっとも有名なのが「アキレスと亀」だろう。

アキレスは、ギリシア神話に登場する英雄で、とても足が速い。

しかしアキレスは、歩みの遅い亀を走って追い越すことができない。なぜなら、アキレスが亀がいる地点に追いついたときには、亀は少し前進しているからである。さらに亀が進んだ地点にアキレスが進むと、亀もまた先に進んでいる。

だから、アキレスは永遠に亀に追いつくことができない。

論理的に言えばそうなるが、これはわれわれの常識とは一致しない。

小林は言う。


ベルグソンは、この議論が、哲学史の端緒にあったという点に、大きな意味を認め、作品の各所で、これに触れているのだが、それも、このアキレウスは、決して亀を追い抜く事は出来ないという議論、亀が居た点まで、アキレウスが到着した時には、亀はその間に、先に進んでいる筈だ、この状態は、次から次へと限りなく続く筈だ、という議論は、普通考えられているより、遥かに困難な問題を孕(はら)んでいるからだ。　――「感想」


ベルグソンは論理ではなく「常識」を擁護した。

これまで述べてきたとおり、「動いているもの」を「静止しているもの」、要するに概念として捉えると間違える。

そもそも運動は分割できるものではない。

――不動を寄せ集めれば、運動が出来上るという考え方が、私達のいかに強い習慣的な物の考え方になっているかを思えばよい。不動で運動を構成しているというその事が、運動を眺めているというその事になって了っている。

（中略）

先ず不動は現実であり得ると、決めて了えば、運動を摑（つか）んだと思った諸君の手から、運動はこぼれ去るであろう。

――同前

イデオロギーでは世界の半分もわからない。生は「有機体の論理」でしか摑むことができない。時間が流れるのは、人間に記憶があるからだ。小林は学生時代からベルグソンを愛読していた。


彼にとって考えるとは、既知のものの編成変えでは無論なかったが、目的地に向っての計画的な接近でもなかった。先ず時間というものの正体の発見が、彼を驚かせ、何故こんな発見をする始末になったかを自ら問う事が彼には、一見奇妙に見えて、実は最も正しい考える道と思えたのである。これは根柢（こんてい）に於いて、詩人と共通するやり方である。

――同前

本章では政治もまた「有機体の論理」でしか摑むことができないことを示していきます。

政治について

「僕は政治が嫌いです」と小林は公言した。
しかし、人間が社会的動物である以上、政治は切り離すことはできない。
そんなことは小林もわかっている。これはイデオロギーが嫌いという意味だ。
小林はいわゆる「政治思想」にうんざりしていた。

この思想の材料となっている極めて不充分な抽象、民族だとか国家だとか階級だとかいう概念が、どんなに自ら自明性を広告しようと或は人々がこの広告にひっかかろうと、人間は嘗(かつ)てそんなものを一度も確実に見た事はないという事実の方が遥かに自明である。
——「Xへの手紙」

マキャヴェッリは空理空論を嫌った。彼の深い人間理解が、政治を理論化し空想化させない役割を果たしていると小林は言う。

人間の様々な生態に準じて政治の様々な方法を説くのを読んでいると、政治とは彼にとって、殆ど生理学的なものだったという風に見える。政治はイデオロギイではない。或る理論による設計でも組織でもない。臨機応変の判断であり、空想を交えぬ職人の自在な確実な智慧である。

——「マキアヴェリについて」

近代とは、自由や平等といった理想を完全な形で実現しようとする運動だが、その背後にあるのは、歴史に法則が存在するという信仰、すなわち進歩史観だ。自由の暴走はアナーキズムに行き着くし、平等の暴走は全体主義に行き着く。

こうした理解の上にイデオロギーを警戒するのが保守である。

必要なのは「人間の様々な生態」に準じた節度ある自由と節度ある平等だ。

小林は続ける。

彼は多くの事を漠然と望まぬ。少しの事を確実に望む。若干の平和と若干の自由とを望めば足りる。若干の平和と若干の自由とを、毎日新たに救い出すより外に、平和も自由も空想の裡にしかないだろう。こういう流儀が、シニスムに陥ち込まない事は稀れだ。こういう流儀を過ちなく行う人は、余程強い理想に支えられていなければならないから。恐らく

——マキアヴェリは、そういう稀れな人であった。　　——同前

小林は、常識の働きが貴いのは、刻々と変化する対象に即して動くことにあると言う。しかし、同じ人間が社会や政治、文化を語りだすと、人相は一変し、たちまち計算機に似て来るのだと。

政治は計算ではない。

計算なら機械でもできる。

> 機械は、人間が何億年もかかる計算を一日でやるだろうが、その計算とは反覆運動に相違ないから、計算のうちに、ほんの少しでも、あれかこれかを判断し選択しなければならぬ要素が介入して来れば、機械は為すところを知るまい。これは常識である。常識は、計算することと考えることとを混同してはいない。将棋は、不完全な機械の姿を決して現してはいない。熟慮断行という全く人間的な活動の純粋な型を現している。　　——「常識」

政治とは「動いているもの」をそのまま扱う職人の手つきである。

小林は固定化した思考、つまりイデオロギーを批判した。

マイケル・オークショット

安倍晋三という政治家が、著書『新しい国へ』で、「わたしが政治家を志したのは、ほかでもない、わたしがこうありたいと願う国をつくるためにこの道を選んだのだ」と述べている。革命家の吉田松陰（一八三〇～五九年）が引用した『孟子』の「自ら反みて縮くんば、千万人と雖も吾往かん」がお気に入りのフレーズのようで、自分が信じた道が間違っていないという確信を得たら断固として突き進むのだと繰り返している。「この道しかない」といった安倍政権のスローガンも含めて、これは保守の対極にある発想だ。

保守主義者は人間理性を疑う。自分の判断すら「確信」することはない。

保守主義の代表的理論家であるオークショットは、政治とは己の夢をかなえる手段ではないと言う。

世の中には多種多様な人間がいる。夢も価値観も理想も違う。

リーダーが夢を語ったとしても、それに同意しない人はいる。

たとえ「正しいこと」であっても、それを「正しい」と認めない人もいる。

では、統治者はどのように振る舞えばいいのか？

オークショットは保守的な政治理解について端的にこう述べる。

政治における保守的性向に意味を与えるものは、自然法や神的秩序とも、道徳や宗教とも何ら関係がなく、それは現在の我々の生き方を、統治に関する次のような特定の信条と結びつけながら観察することにある。即ちその信条（我々の観点からすれば、それは仮説にすぎないものとみなされるべきである）とは、統治は特殊で限定的な活動であり、その任務は、行為に関する一般的な規則を提供し保護することだ、というものである。その規則は、固有の意味を持った諸活動を押し付けるために計画されたものとして理解されるのではなく、人々が自分自身の選択した活動を行いつつ、その失敗が最小になることを可能にする道具として、従って保守的に対応することがふさわしいものとして、理解されているのである。――「保守的であるということ」

安倍晋三（1954年～）
内閣総理大臣
（第90・96・97・98代）

保守思想の理解によれば、統治者の職務は規則を維持するだけのことである。これはレフェリーと同じ役割を果たす。ゲームの運行を管理し、プレイヤーにルールを守らせ、トラブルの調停にあたる。問題が発生したときには、法的な制約を科し、被害者を支える。そして大事なことは、規則の修正は「それに服する者達の諸々の活動や信条における変化を常に反映したものでなければならず、決してそうした変化を押し付けることがあってはならない」。それは全体の調和を破壊してしまうほど大がかりなものであってはならず、単なる仮定の上での事態に対処する目的で行われる変革は認めない。

これが西欧の保守思想が到達した政治の理解です。

オークショットは言う。

この性向の人（著者注：保守）の理解によれば、統治者の仕事とは、情念に火をつけ、そしてそれが糧とすべき物を新たに与えてやるということではなく、既にあまりにも情熱的になっている人々が行う諸活動の中に、節度を保つという要素を投入することなのであり、抑制し、収縮させ、静めること、そして折り合わせることである。それは、欲求の火を焚くことではなく、その火を消すことである。

——同前

オークショットが語るのはイデオロギーに対する徹底した不信である。

小林が政治について語った文章を読むと、あらためて同じ地平に到達していたことがわかる。ほぼ同時代を生きた二人が影響関係にあったとは考えにくいので、西欧の知的伝統を踏まえた上で正常に考えれば同じ結論に辿り着くということだろう。

小林は言う。

——政治家は、文化の管理人乃至（ないし）は整理家であって、決して文化の生産者ではない。

（中略）

政治家を軽蔑するのではない、これは常識である。こういう常識の上に政治家の整理技術は立つべきであると考えているだけなのです。天下を整理する技術が、大根を作る技術より高級であるなどという道理はないのでありますが、やはり整理家は、無意味な優越感に取りつかれるらしい。交通巡査でさえそうかも知れぬ。

——「私の人生観」

マイケル・ジョセフ・オークショット
（1901～1990年）
イギリスの哲学者、政治哲学者

スローガンとしての理想

オークショットは西欧近代は二つのタイプの人間を生み出したと言います。一つは判断の責任を引き受ける「個人」であり、二つ目はそこから派生した「できそこないの個人」という類型である。

要するに「大衆」だ。

彼らは前近代的な社会的束縛を失い、根無し草のように浮遊し、自己欺瞞と逃避を続け、自分たちを温かく包み込んでくれる「世界観」、正しい道に導いてくれる強力なリーダーを求めるようになった。「縛られたい」という大衆の願望とそのニーズに応える政治があって人民政府は発生する。そこでは統治者の個人的な夢や理想が国民に押し付けられる。

小林は言います。

> 政治家には、私の意見も私の思想もない。そんなものは、政治という行為には、邪魔になるばかりで、何んの役にも立たない。政治の対象は、いつも集団であり、集団向きの思想が操れなければ、政治家の資格はない。
>
> ――「政治と文学」

しかしぼくの言いたいのは、何故現代の政治家がイデオロギーなどという陳腐な曖昧なものの力を過信するか、それがどうもわからんと言いたいのです。

（中略）

こんなことでどうして政治が能率的技術になる時があるだろうか。政治は人間精神の深い問題に干渉できる性質の仕事ではない。精神の浅い部分、言葉を代えれば人間の物質的生活の整調だけを専ら目的とすればよい。そうはっきり意識した政治技術専門家が現われることが一番必要なのではないでしょうか。　――「人間の進歩について」

保守主義者は変革を否定するわけではない。急進的な変革を否定するのだ。

オークショットに言わせれば、変革による利益と損失は、後者が確実に生ずるものであるのに対し、前者はその可能性があるにすぎない。また、変化が穏やかであるほど、何が発生しているのか、立ち止まって観察し、適切に順応することができる。

政治からはスピードを除外しなければならない。

小林は言う。

――理想というものは一番スローガンに堕し易い性質のものです。自分で判断して、自分の理想に燃えることの出来ない人はスローガンとしての理想が要るが、自分でものを見て明確な判断を下せる人にはスローガンとしての理想などは要らない。若しも理想がスローガンに過ぎないのならば、理想なんか全然持たない方がいい。

——「歴史の魂」

思考を停止するからイデオロギーが必要になる。逆に言えば、イデオロギーは思考を止める。デンマークの哲学者セーレン・キルケゴール（一八一三～五五年）は言う。

原理というやつも、途方もない怪物みたいなもので、ごくつまらない人間でさえ、ごくつまらない自分の行動にそいつを継ぎ足して、それで自分が無限に偉くなったつもりでいばっていられるといったようなものである。平々凡々たる、取るに足りない人間が「原理のために」いきなり英雄になる。

——「現代の批判」

小林はイデオロギーを根底的なところで否定した。

実際、自由主義と言い、民主主義と言い、どうやら風の吹きまわしで、はやっている言葉に過ぎない様に思われる。常識は、しばしばそういう主義の行過ぎを非難するが、では、常識は、どういう確信を持っているのか。そういう主義は、例えば、全体主義や貴族主義より優れたものであると、確信しているのか、という様な事になると、もう、よくわからなくなる。常識は、何事によらず、行過ぎというものを好まない、ただそれだけの事に過ぎないのかも知れない。

　　　　　　　　　　　　　　　　　　　　　　　　——「常識」


私は保守思想の核心にここまで接近した日本人の思想家を小林以外に知らない。

政治もフォームである

政治も技術であり、フォームであり、トーンである。

だから形＝制度が重要になる。

すでに述べたように、人間理性に対する徹底した懐疑が制度をつくるのである。

小林は、現代の知識人は、「科学的という、えたいの知れぬ言葉の力」により思い上がっていると言う。しかし、それは厳密な意味における科学ではなく、「半科学」のお喋りにすぎないと。心理学、社会学、歴史学といった人間について一番大切なことを説明しなければならない学問が、その扱う対象の本質的な曖昧さ、表現の数式化の本質的な困難といった問題について、なんの嘆きもあらわしていない。
彼らは無邪気に言葉を使う。
乱暴に数値化、抽象化を行う。
そして政治は常識から離れていく。
合理主義の徹底は合理の限界に辿り着くが、問題は中途半端な合理である。
科学の皮をかぶったイデオロギーである。

現代の一般教養としての合理主義は、合理主義に対する合理的な、或は理性に対する理性的な反省を全く欠いている。反省は、物的進歩の蔭にかくれ、現れるのは自負だけだ。歴史の産物という言葉が愛好され、その使用にあまり多忙な為に、人間の理性という機能自体が、歴史の産物に過ぎないという事を、反省する暇がない。 ――『近代絵画』

小林も参加した「近代の超克」というシンポジウムがあったが、そもそも近代とは「超克」できるようなものなのか?
ニーチェは言う。

すなわち、今日でもまだ、あらゆる事物のあとずさりを目標として夢みている政党があるのである。しかし誰でも自由に蟹になれるわけのものではない。そんなことをしても何の役にも立たない、人は前方へと、言ってよいなら一歩一歩デカダンスにおいて前進せざるをえないのである。

——『偶像の黄昏』

保守は復古主義も否定する。それもまた理想主義の一形態だからだ。よって、右翼は左翼との親和性はあるが、保守との親和性はない。近代を直視すれば、理想主義が地獄に行き着く一本の道が見えて来る。

小林は言う。

近代の毒を一番よく知つた人が、一番よく毒に当つた人だ。それはニイチエを見ればよくわかる。僕はニイチエの事を考へると毒を克服する方法は、毒に当る外はない。毒を避けるといふ様な方法はない。どうもさう思はれる。外国でばかりではない、日本だつて実はさうなのではないか。

——「近代の超克」

ここで小林が述べているのは、ニヒリズムの徹底ということだ。

ニーチェの議論を振り返っておこう。

近代イデオロギーの根幹にはキリスト教がある。民主主義は人間の生を歪めたキリスト教を換骨奪胎したものにすぎない。民主主義は「一人ひとりが完全に平等である」という妄想で成り立っている。

社会に貢献する人も社会に害を与える人も同じ権利をもつ。

これは絶対存在である「神」を想定しないと出てこない発想だ。

ニーチェは言う。

> 気のふれた概念が、現代精神の血肉のうちへとはるかに深く遺伝された。それは、「神のまえでの霊魂の平等」という概念である。この概念のうちには平等権のあらゆる理論の原型があたえられている。人類はこの平等の原理をまず宗教的語調で口ごもることを教えられたが、のちには人類のために道徳がこの原理からでっちあげられた。
>
> ——『権力への意志』

人間は数値化され等価になった。

高貴なものは引きずり降ろされ、下劣なものは持ち上げられた。

健康なものは否定され、病んでいるものが肯定された。

こうした近代に内在する病に気付く人々もいる。

ヨーロッパを支配してきた道徳は宗教にすぎない。

民主主義や平等主義、国家主義などの近代イデオロギーは妄想にすぎない。

絶対的な善も絶対的な正義も存在しない。

あの世もなければ、人生の目的もない。

認識者の存在を抜きにした普遍的概念など存在しない。

すべては人間の認識が生み出した虚構である。

これを理解することがニーチェの言う「悲劇的認識」である。

そう考えると、ニヒル（虚無的）な気分になる。

でも、そのニヒリズムを何か別の価値観を持ってくることでごまかすのではなく、徹底すべきだとニーチェは言う。

近代の構造が必然的にニヒリズムを呼び寄せるなら、その根幹まで突き詰めることにより、それを突破しなければならない。ニーチェはこれを能動的ニヒリズムと呼ぶ。

安易に過去や未来に理想を求めるのではなく、現実を直視することからしか始まらない。

タチが悪いのは中途半端なニヒリストである。

福沢諭吉の視力

小林が教育者の福沢諭吉（一八三五〜一九〇一年）に見出したのも魂のフォームだった。福沢は単なる啓蒙思想家でも民権主義者でもない。福沢は『学問のすゝめ』の冒頭で「天は人の上に人を造らず、人の下に人を造らず」と説いた。そこだけ見れば、啓蒙思想の理念である平等を説いたようだが、福沢はその後に「されども」と続けている。されども、世の中には愚者がたくさんいる。

では、賢者と愚者の違いはどこにあるのか？ それは学問を身に着けているかどうかである。学問とは単に難しいことを知っていることではない。現実に即したもの、世の中に対する姿勢がきちんとしているかどうかであると。

小林は言う。

福沢の文明論に隠れている彼の自覚とは、眼前の文明の実相に密着した、黙している一種の視力のように思える。これは、論では間に合わぬ困難な実相から問いかけられている事に、よく堪えている、困難を易しくしようともしないし、勝手に解釈しようともしないで、ただ大変よくこれに堪えている、そういう一種の視力が、私には直覚される。
――「天という言葉」

小林が注目したのは福沢の目だった。
それは傍観者の目ではない。
その目は画家のような「外を見る事が内を見る事であるような眼」だった。
福沢は文明や文化現象を客観的に分析したのではない。
「文明の歴史的個性」を直視したのだと小林は言う。

福沢諭吉（1835～1901年）
教育者

彼は活路は洋学にしかないと衆に先んじて知ったが、ただそういう事なら、これは天下の大勢であって、早かれ遅かれ凡庸（ぼんよう）な進歩主義者にも明瞭になった事であった。福沢の炯眼（けいがん）はもっと深いところに至っていた。洋学は活路を示したが、同時に私達の追い込まれた現実の窮境も、はっきりと示したという事が見抜かれていた。

そこで、彼は思想家としてどういう態度を取ったろうというと、この窮地に立った課業の困難こそわが国の学者の特権であり、西洋の学者の知る事の出来ぬ経験であると考えた。この現に立っている私達の窮況困難を、敢えて、吾れを見舞った「好機」「僥倖」と観ずる道を行かなければ、新しい思想のわが国に於ける実りは期待出来ぬ、そう考えた。

――「福沢諭吉」

福沢は復古主義者でもない。近代の構造が見えていたからだ。

文化の混乱期とは、文化論議だけでは片付かない、時間だけしか解決できないような本質的な困難が、見える人には見えている時期だと小林は言う。日本人は開国という「異常な過渡期」に生きているおかげで、旧文明の経験により新文明を照らすことができる。この「実験の一事」を福沢は「僥倖」と捉えた。

福沢は「天下の大勢」として脱亜入欧を説いたが、それは西欧の理念に迎合することではなかった。

国の独立は偶然に成立するものではない。福沢は「風雨の来らざるを見て、家屋の堅牢なるを証すべからず」と言った。

独立とは国を風雨に耐える家屋のようにすることである。昔に戻ったところで、偶然の独立に恵まれる保証はない。福沢は「保守の文字は復古の義に解すべからず」とも言ったが、近代という宿命に向かい合うためには、「近代精神の最奥の暗所」に踏み込む必要がある。福沢の啓蒙は、そう読まなければならない。

福沢は、世俗啓発の目的の為に、世俗の文を作らんとして、独特の名文を書いて了った。「学問のすすめ」や「文明論之概略」が、あれほど読まれたのは、ただ、世人の為に運された平易な解説だったが為とは考えられまい。やはり、世人は福沢という独特な人間を、そこに嗅いだのである。

福沢全集の緒言に、彼の自作の率直な解説を読む者は、西洋文物の一般的解説が、いかに個人的な実際経験に触発されて書かれたかを見て驚くであろう。彼の文は、到るところで、現すまいとした自己を現している。

――同前

全体主義の構造

近代の構造がわかれば、近代特有の病も見えてくる。

民主主義が必然的に全体主義に行き着くプロセスが見えていた小林は、ナチズムの本質もすぐにわかった。アドルフ・ヒトラー（一八八九～一九四五年）の『我が闘争』について小林はこう述べる。

> この驚くべき独断の書から、よく感じられるものは一種の邪悪な天才だ。ナチズムとは組織や制度ではない。むしろ燃え上る欲望だ。その中核はヒットラアという人物の憎悪にある。
>
> ——「ヒットラアと悪魔」

ナチスにはイデオロギーと呼べるようなものはなかった。

いや、逆にそれこそがナチズムをナチズムたらしめた。

哲学者のハンナ・アレント（一九〇六〜七五年）は、「民主主義と独裁の親近性」は歴史的に明確に示されていたにもかかわらず、より恐ろしい形で現実化したと言う。それは近代人の「徹底した自己喪失」という現象だった。

全体主義は煽動する側と煽動される側が一体となり拡大していく純粋な大衆運動である。

小林は言う。

> ヒットラアの独自性は、大衆に対する徹底した侮蔑と大衆を狙うプロパガンダの力に対する全幅の信頼とに現れた。と言うより寧（むし）ろ、その確信を決して隠そうとはしなかったとこ

ろに現れたと言った方がよかろう。

間違ってばかりいる大衆の小さな意識的な判断などは、彼に問題ではなかった。大衆の広大な無意識界を捕えて、これを動かすのが問題であった。人間は侮蔑されたら怒るものだ、などと考えているのは浅薄な心理学に過ぎぬ。その点、個人の心理も群集の心理も変りはしない。本当を言えば、大衆は侮蔑されたがっている。支配されたがっている。

――同前

独裁は一方的な権力の行使ではない。

ハンナ・アレント
（1906～1975年）
ドイツの哲学者、思想家

全体主義は大衆の感情に火をつけることで発生する。

マルクシズムの革命の成功者は、科学的教義によって成功したのではない。大衆のうちにある永遠の欲望や野心、怨恨（えんこん）、不平、羨望（せんぼう）に火を附ける事によってである。これらは一階級の弱点ではない。人間の弱点だ。――同前

アドルフ・ヒトラー
（1889～1945年）
ドイツの政治家

平成の三〇年の政治を振り返れば、小林の警告はそのまま的中したと言ってよい。

> 専門的政治家達は、準備時代のヒットラアを、無智なプロパガンディストと見なして、高を括っていた。言ってみれば、彼等に無智と映ったものこそ、実はヒットラアの確信そのものであった。少くとも彼等は、プロパガンダのヒットラア的な意味を間違えていた。彼はプロパガンダを、単に政治の一手法と解したのではなかった。彼には、言葉の意味などというものが、全く興味がなかったのである。プロパガンダの力としてしか、凡そ言葉というものを信用しなかった。
>
> ——同前

現実主義について

国や社会の崩壊は、言葉の乱れから始まる。

大衆社会の腐敗の成れの果てに登場した愚かな総理大臣が、「政治も外交もリアリズムが大切だ」と言っていた。バカなんですかね。リアリズムが欠如しているから政治も外交も失敗しているのに。

リアリズムとは現実の追認ではない。日々変化する現実を注意深く観察することだ。

常識は、現実に近附こうが為に、レアリズムという方法を案出するのではない。それは、現実との接触を、間断なく強いられているのだ。レアリストが、レアリズムという現実解釈の一法によって、現実から遊離する事は、苦もない事だろう。彼は、レアリズムという言葉を自己に強いているだけで、現実との接触を余儀なくされているわけではないのだから。常識は、社会から、引いては自然から、間断なく問われているがままに身を処している。この現実の問いに貫かれているというその事が、これに答えているという事だ。事物に面接して、というより衝突して、思想と行動とを区別した上で、これに身を処する事が出来ようか。

――「感想」

小林は帝政ローマのギリシア人著述家プルタルコス（四六年頃〜一二七年頃）の『英雄伝』に託して、自らの政治観をこう述べた。

プルタルコス
(46年頃～127年頃)
ギリシア人の著述家

「ペリクレス伝」は、「英雄伝」のなかの傑作である。それは、作者が、ペリクレスを、アテナイの黄金時代を創った人としてではなく、むしろペストの大流行と戦った如く、黄金時代と戦った人として描いているからだ。そして恐らくそれは真相だったと思われる。作者は質問している。逆境にあって卑下し、必要に迫られて、識者の言葉を聴く国民を扱うのは、幸運に思い上り、得意になっている民衆の傲慢(ごうまん)と威勢に轡(くつわ)を嚙(か)ませるより難かしい事か、と。国力が発展するにつれて、人心も発展する。という事は、ペリクレスの観察によれば、アテナイが豊かになればなるほど、人心の腐敗も豊かになるという事であった。彼は、この熟慮された現実主義に立ち、理想派の言にも、実際家の言にも動かされなかった。

――「『プルターク英雄伝』」

政治家に信念はいらない。
必要なのは常識である。

プルタルコスはプラトンを非常に尊敬している様子だが、「国家」は、様々な政治制度の、人間的なあまりに人間的な意味の見事な分析である。哲人政治の説教ではない。プラトンには、国家とは人間の異名であった。政治とは完結する事を知らぬ人性の鏡であった。彼が説いたのは、というより分析し記述したのは、政治史の転変に頑強に堪える深い意味での政治の日常性であった。 ――同前

政治の世界で横行しているのは、抽象的なドグマ、イデオロギー、邪悪な贋リアリズムであると小林は批判した。

左翼でなければ右翼、進歩主義でなければ反動主義、平和派でなければ好戦派、どっちとも付かぬ意見を抱いている様な者は、日和見（ひよりみ）主義者と言って、ものの役には立たぬ連中である。そういう考え方を、現代の政治主義ははやらせている。もっとも、これを、考え方と称すべきかどうかは、甚だ疑わしい。何故かと言うと、そういう考え方は、凡（およ）そ人間の考え方の自律性というものに対するひどい侮蔑（ぶべつ）を含んでいるからである。 ――「中庸」

第五章　失われた歴史

歴史とはなにか

近代人は時間の経過とともに人類は進化してきたと考えるようになった。学校の教科書には、一番左にアウストラロピテクスのイラストが、一番右にわれわれ現代人のイラストが描かれていたりします。

人類は古代から中世、近代へと一直線に進歩してきたという西欧中心のいわゆる進歩史観です。

昔の人間よりも現在の人間のほうが、理性的で合理的で優れていると彼らは考える。理性的で合理的な判断が「正解」にたどりつくなら、「正しい歴史」「歴史の目的」も存在することになる。

小林は言います。

> ヘーゲルの史観は、ブルジョア階級の文明の進歩の考えに、よく適合していたし、この虚(きょ)を突いて現れたマルクスの史観も、歴史の必然の発展による新しい階級の交代を信じていた。要するに、十九世紀の合理主義の歴史観は、社会の進歩発展という考えに固く結びつき、過去の否定による将来の設計に向って、人々をかり立てた。——『近代絵画』

ドイツの哲学者ゲオルク・ヴィルヘルム・フリードリヒ・ヘーゲル（一七七〇～一八三一年）は、世界は弁証法的な運動の過程にあると考えた。いろいろな矛盾や対立を発展解消していくうちに、理念が実現されるようになると。歴史を弁証法的に捉えれば進歩史観になるが、小林はこうした発想自体を拒絶しました。

私達は、歴史に悩んでいるよりも、寧ろ歴史工場の夥しい生産品に苦しめられているのではなかろうか。例えば、ヘーゲル工場で出来る部分品は、ヘーゲルという自動車を組立てる事が出来るだけだ。而もこれを本当に走らせたのはヘーゲルという人間だけだ。そうはつきりした次第ならばよいが、この架空の車は、マルクスが乗れば、逆様でも走るのだ。

——「蘇我馬子の墓」

G・W・F・ヘーゲル
(1770～1831年)
ドイツの哲学者

ドイツ出身の哲学者カール・ハインリヒ・マルクス（一八一八～八三年）は、ヘーゲルの弁証法を利用して、歴史科学なる概念をつくりあげた。

あらゆる歴史事実を、合理的な歴史の発展図式の諸項目としてしか考えられぬ、という様な考えが妄想でなくて一体何んでしょうか。例えば、歴史の弁証法的発展というめ笊(ざる)で、歴史の大海をしゃくって、万人が等しく承認する厳然たる歴史事実というだぼ沙魚(はぜ)を得ます。

——「歴史と文学」

ヘーゲルのような妄想の体系を打ち立てれば、歴史はどのようにでも解釈できる。ドイツの精神科医・哲学者のカール・ヤスパース(一八八三〜一九六九年)は言う。

あらゆる過去の哲学はヘーゲル的な光に照らされると、その瞬間に、驚くべくほど明るい探照燈(たんしょうとう)に照らされたかのように明瞭(めいりょう)に浮び出るのであります。しかしそのつぎには、人は突然、ヘーゲル的思惟(しい)はすべての過去の哲学から、いわば心臓を切り取って、その残りを死体として、歴史の巨大な史的墓場に葬(ほうむ)り去るのを認めねばならないのです。

——『哲学入門』

ヘーゲルは歴史上の一人物に過ぎず、歴史がヘーゲルのシステムのなかにあるのではないと小林は言う。

史観は歴史を考えるための手段であり道具にすぎない。しかし、その手段や道具が精緻になるにつれ、当の歴史の様な顔をし出す。

人間は理性的で論理的で合理的だ。そこが人間の弱さである。だから簡単に理論に流される。よって、小林が言うように「人間のいないところに歴史はない」という常識を、常に努力して救い出さなければならない。

近代啓蒙主義とは、理性や明示的なものを信仰し、説明不可能なものを「迷信」と斬り捨てる運動だった。合理的な目的が存在するなら、それに従うことが「正義」となる。その成れの果てに登場した「絶対的な知的自己決定」という発想が地獄を生み出したのは歴史を振り返れば明らかだ。

> 唯物史観に限らず、近代の合理主義史観は、期せずしてこの簡明な真理を忘れて了う傾きを持っている。迂闊で忘れるのではない、言ってみれば実に巧みに忘れる術策を持っていると評したい。これは注意すべき事であります。史観は、いよいよ精緻（せいち）なものになる、どんなに驚くべき歴史事件も隈（くま）なく手入れの行きとどいた史観の網の目に捕えられて逃げる

事は出来ない、逃げる心配はない。そういう事になると、史観さえあれば、本物の歴史は要らないと言った様な事になるのである。

――「歴史と文学」

こうして近代人は歴史を見失った。

歴史は鏡である

ゲーテが言うように、生物は諸要素に分解できるが、諸要素から再び合成して生き返らせることはできない。生命は複合体であり、諸部分が互いに連関して、ひとつの統一体をなしている。こうしたゲーテの形態学・観相学をシュペングラーは歴史に応用した。

ドイツ政治史学者の八田恭昌（一九二六～九二年）は言う。

> 分析や認識によって主体と客体を分離し、死んだ事物としての純粋客体をとりあつかう体系学とはちがって、このような観相学は、主体と客体との間にひかれた人為的な一線をのりこえることになる。なぜなら観相学は、客体が主体にたいして働きかけている意味を読みとろうとするものであり、そのかぎりにおいて受けとる主体そのものの働きがそこに反映されるからである。観相学は、主客にまたがる実在にせまる道である。

歴史は「生きているもの」「動いているもの」である。
シュペングラーが示したそれを摑み取る方法も小林と同じである。

生成しゆく生きたものをつかむためには、こちらの態度がこちこちに硬直した姿勢であってはいけない。随時随所に対象のふところへとびこんでこれと一体になり、形を通して生きた姿をそのままつかみとる柔軟な心術が必要である。このように、ひょうのごとくしなやかな腰つきをおもわせる心がまえのことを、かれは「当意即妙」または「観相的当意即妙」というような言葉でよんでいるのである。

――『西洋の没落　文明と夜の思想家シュペングラーの生涯』

O・A・G・シュペングラー
（1880～1936年）
ドイツの哲学者、歴史学者

――同前

小林は自然科学のような実証主義が、歴史の命を殺してしまったと言う。歴史とは諸事実を発見したり、証明したりといった退屈なものではない。歴史を考えるとは歴史に親身に交わることなのだと。

「調べる」という言葉は、これとは反対の意味合いの言葉で、対象を遠ざかって見るという言葉だ。今日の歴史家は歴史と交わるという困難を避けて通っているのだよ。歴史という対象は客観化する事は出来ない。宣長は歴史研究の方法を、昔を今になぞらえ知る、そのような認識、あるいは知識であると言っている。厳密な理解の道ではない、慎重な模倣の道だと言うのだな。この方法は歴史学というものがある限り変わらない。変わり得ないと私は思っているよ。

——「交友対談」

シュペングラーも同様に、歴史を自然科学的存在ではなく、血のかよった魂の告白と考えた。そして昔を今になぞらえ、今を昔になぞらえた。そしてそこに共通のフォームを見出した。

地層をあばいたり、つぼの分布地域を正確につきとめたり、何年何月にどういうことが起ったかを正確に記したりすることが、歴史なのではない。歴史家たるものは、史料のどれいではなくその主人でなければならぬ。生きたものを生きたものとしてつかみ、生のあらゆる歓喜と苦悩をわかつことができるような人間通(メンシェンケナー)でなければならない。ふとした路傍の石にも宇宙の深い意味を見いだす詩人のように、史実の意味しているところのもの、史実の背後にひそむものを見ぬく眼光紙背に徹するような詩人の眼力をもたなければならない。

――『西洋の没落　文明と夜の思想家シュペングラーの生涯』

問題は歴史を見る「目」である。

シュペングラーと同様、小林も歴史を二度と繰り返すことのないものとして、その姿や形を見ようとした。

僕は伝統というものを観念的に考えてはいかぬという考えです。伝統は物なのです。形なのです。妙な言い方になりますが、伝統というものは観念的なものじゃないので、物的に見えて来るのじゃないかと思うのです。

――「古典をめぐりて」

「過去から未来に向って飴の様に延びた時間」という発想を、小林は「蒼ざめた思想」「現代に於ける最大の妄想」と切り捨てた。

昔の人は、面白くない事実など、ただ事実であるという理由で、書き残して来た筈はない。あんまり面白い事があったから、語らざるを得なかったのだし、そういう話は、聞く方でも親身に聞かざるを得なかったのだ。こんな明瞭な歴史の基本の性質を失念してしまっては仕方がない。歴史を鏡と言う発想は、鏡の発明と共に古いでしょう。歴史を読むとは、鏡を見る事だ。鏡に映る自分自身の顔を見る事だ。勿論、自分の顔が映るとは誰もはっきり意識してはいない。だが、誰もそれを感じているのだ。感じていないで、どうして歴史に現れた他人事に、他人事とは思えぬ親しみを、面白さを感ずる事が出来るのだ。歴史の語る他人事を吾(わ)が身の事と思う事が、即ち歴史を読むという事でしょう。本物の歴史家が、それを知らなかったという事はない。

――「交友対談」

『大鏡』も『増鏡』も歴史の話である。

シュペングラーはチューリップの球根が芽を出し、花を咲かせ、やがて枯れるのと同じように、文化が文明へ移り変わっていく「動き」を観察した。

シュペングラーの知人が、『西洋の没落』出版の数ヵ月後に彼を訪ねたところ、ベルグソンの本で書斎が埋まっていたという。ゲーテとベルグソンに傾倒した二人は、同じ地平に到達した。

コメディ・リテレール

昭和二一年、雑誌『近代文学』の座談会で、文芸評論家本多秋五（一九〇八〜二〇〇一年）から戦時中の姿勢を追及された小林は次のように答えた。

僕は政治的には無智な一国民として事変に処した。黙って処した。それについて今は何の後悔もしていない。大事変が終った時には、必ず若しかくかくだったら事変は起らなかったろう、事変はこんな風にはならなかったろうという議論が起る。必然というものに対する人間の復讐だ。はかない復讐だ。この大戦争は一部の人達の無智と野心とから起ったか、それさえなければ、起らなかったか。どうも僕にはそんなお目出度い歴史観は持てないよ。僕は歴史の必然性というものをもっと恐しいものと考えている。僕は無智だから反省なぞしない。利巧な奴はたんと反省してみるがいいじゃないか。

——「コメディ・リテレール　小林秀雄を囲んで」

非常に有名な言葉だが、別に小林は戦争や軍国主義を肯定したわけではない。歴史を後から裁断する人間の傲慢さ、みっともなさを指摘しただけである。

史観の中に整理づけることがそもそもアホだと言ったのである。

こうあって欲しいという未来を理解する事も易しいし、歴史家が整理してくれた過去を理解する事も易しいが、現在というものを理解する事は、誰にもいつの時代にも大変難かしいのである。歴史が、どんなに秩序整然たる時代のあった事を語ってくれようとも、そのままを信じて、これを現代と比べるのはよくない事だ。その時代の人々は又その時代の難かしい現在を持っていたのである。少くとも歴史に残っている様な明敏な人々は、それぞれ、その時代の理解し難い現代性を見ていたのである。あらゆる現代は過渡期であると言っても過言ではない。

——「現代女性」

歴史は理論では裁断できない。封建時代というものを設定し、その時代の道徳や思想に、「封建」という言葉を冠せ、「封建道徳」「封建思想」と呼んだところで、その時代の道徳や思想はわかるものではないと小林は言う。どの時代にも矛盾や混乱があったのであり、その中にそこで苦しみ、生活をしていた人々を理解しようとしなければならないと。

一　わかり切った事のようでいて、案外注意されていないように思われるのだが、近代の自然科学の大成功はその仕事から、先ず歴史という考えを、さっぱり取除いたところに基いていた。ニュートンが考えていた自然のシステムとは、言わば、時間は、システムの外側を流れ、その内部に立入りを禁止されている、本質的には何んの変化も起らぬ惰性系であった。

——「歴史」

小林は近代精神の最奥の暗所へ近づいていく。

古典とは「最新の書」である

『イーリアス』と『オデュッセイア』を書いたとされる吟遊詩人のホメロス（紀元前八世紀末）が実在の人物であったかどうかは疑わしい。しかし当時の最高の知性がホメロスの名のもとに統合されたのはほぼ事実である。

小林は言う。

言うまでもなく、「平家」十二巻の作者は、個人を越えた名手であって、信濃前司行長(しなののぜんじゆきなが)ではない。

——「平家物語」

偉大なものは時代が生み出すのである。
たとえそれが個人の作品であったとしても。
なぜ古典は残ったのかというのは愚問だ。
時間に磨かれ、残ったものが古典なのである。
古典は汲みつくすことのできない井戸のようなものだ。
だから、常に古典は現代的なのである。
古典からは、日々、新しいものが湧いてくる。
だからこそ、いつの時代においても、古典は参照され、引き継がれてきたのである。
小林は言う。

古典とは、僕等にとって嘗てあった作品ではない、僕等に或る規範的な性質を提供している現に眼の前にある作品である。古典は嘗てあったがままの姿で生き長らえるのではない。日に新たな完璧性を現ずるのである。嘗てあったがままの完璧性が、世の転変をよそに独り永遠なのではない。新しく生れ変るのである。永年の風波に堪える堅牢な物体ではなく、汲み尽す事の出来ぬ泉だ。僕等はまさに現在の要求に従って過去の作品から汲むのであって、過去の要求に過去の作品が如何(いか)に応じたかを理解するのではない。現在の要求に従い、汲んで汲み尽せぬところに古典たらしめる絶対的な性質があるのだ。

――「環境」

かつてマスメディアから「知の巨人」ともてはやされた男が、「古典など読む必要はない。なぜなら、最先端の知の中にすでに古典の知識は織り込まれているからだ」と言っていた。現代人はここまで傲慢になった。

古典とは、もともと反歴史的な概念なのである。古典とは、私達が、回顧の情をもって近づく生きて考えた優れた人間の姿なのであって、分析によって限定する過去の一思想の歴史的構造ではない。

（中略）

近代の科学的歴史観が、古典というものに関して、現代人の躓き（つまずき）の石となっていることは争われぬ事実のように思われる。歴史というものの合理的な理解、歴史発展の客観的な展望、曖昧（あいまい）な人間的な原理の内在を許さぬ歴史の論理、そういう考え方の傾向のうちからは、古典という言葉は、どうしても姿を消さねばならない。そういう傾向の考え方には、何処（どこ）か無理がある。何故なら、古い人だけれどもやはり偉い人だ、という考えは、私達の日常の素朴な経験からなくなるはずはなく、考えて行けば、そういう経験も侮蔑しなければならぬような考え方は、何処か間違ったところがあるに相違ないからである。

――「『論語』」

すでに述べたように、素行や宣長にとって古典は模倣の対象であった。古典を模倣するときに自己との間に生まれる緊張関係が、彼らの学問の姿だったと小林は言う。それはあくまでも現在の生き方の手本であり、現在の自己の問題を不問に附する事ができる認識や観察の対象ではなかった。

二人組の強盗

あるとき、鎌倉の高台にある小林の自宅に二人組の強盗が入った。娘の白洲明子は述懐する。

昭和三十年前後、わたしが十八、九の頃でした。母が夜中にトイレに立った時、隣の風場の窓が開いていたそうです。どうしたのかと外を覗いていると、後から刃物を突きつけられました。母の「ギャー」という声で私は目が覚めました。すると母の声と男の声と足音とが、私の部屋の前を通り過ぎ、しばらくすると今度は父の声も交って、その声と足音は書斎の方へと消えました。

——「父　小林秀雄」

明子の部屋と廊下の境は障子一枚だった。
明子は怖くて動くことができず息を殺していた。
小林は馬乗りになった強盗に刃物を突き付けられて目を覚ました。
小林は言う。

あの頃は警察も強かったし、強盗の方も、すれていなかったな。呑気(のんき)で、人がよかったな。短刀で頬っぺたを叩かれた時には驚いたが、その短刀がぶるぶる震えているのだな。こりゃ新米だ、あわてたら大変な事になると直ぐ考えたな。この二人組だって、初めはテーブルの上に刀を突き立てて凄(すご)んでいたが、金を出してだんだん話をしているうちに、帰る時分には、こっちが煙草を銜(くわ)えるとライターで火をつけてくれたからな。

——「交友対談」

小林は強盗を書斎に連れて行き、カネを渡した。強盗の一人が「これだけ？」という顔をしたので、部屋を見廻し、梅原龍三郎（一八八八〜一九八六年）の油絵を指さした。
強盗は「足がつく」と断った。困った小林がたばこをくわえると、強盗がポケットからライターを取り出して火をつけたが、それは小林が愛用しているライターだった。
この件について、随筆家の白洲正子（一九一〇〜九八年）が書いている。

こないだ鎌倉のお家に強盗が入ったことは新聞にも出ていたが、泥棒達が去った後、お嬢さんが電話かけに行こうとすると、警察には知らせないと約束したのだからいかん、といって出してくれない。何もお嬢さん自身が約束したわけではない、ということで納得したが、やがて捕った後でも、とられた金は、あれはやったのだから、どうしても受取らない。仕方がないので、今警察があずかっているそうである。——「（続）美の問題」

小林はあらゆる「取引」を真剣に行った。

シチュアシオンの感覚

スペインの哲学者ホセ・オルテガ・イ・ガセット（一八八三〜一九五五年）は言う。

生きるということは、一つの特定の交換不可能な世界、つまり現在のこの世界の中に自己を見出すことである。われわれの世界は、われわれの生を構成する宿命の広がりなのである。

――『大衆の反逆』

われわれは自分が生まれてきた理由を知らない。いきなり世界の中に投げ出される。しかし、それは機械的な宿命ではない。

われわれは一つの軌道を課せられるかわりに、いくつもの軌道を与えられ、したがって、選択することを余儀なくされているのである。われわれの生の状況とは、なんと驚くべき状況であろうか。生きるとは、この世界においてわれわれがかくあらんとする姿を自由に決定するよう、うむをいわさず強制されている自分を自覚することである。

――同前

哲学者、小説家のジャン＝ポール・サルトル（一九〇五～八〇年）は、評論集『シチュアシオン』で、あるベストセラー小説の翻訳権を得るためにニューヨークに行ったときの話を書いている。

翻訳権は取ることができたが、作者が違っていた。作者は行方不明と説明されたが、調べたら自動車事故で死んでいた。サルトルはアメリカの広さにあきれる。アメリカの文学界の風とおりのよさを羨望するわけでもなく、パリの文壇の息苦しさを悲観するのでもない。

小林はサルトルのこの文章に、「シチュアシオンの感覚」があるという。英語で言えば「シチュエーション」だ。小林はこれを「現に暮しているところ」と捉えた。

批評家は直ぐ医者になりたがるが、批評精神は、むしろ患者の側に生きているものだ。医者が患者に質問する、一体、何処(どこ)が、どんな具合に痛いのか。大概の患者は、どう返事しても、直ぐ何んと拙(まず)い返事をしたものだと思うだろう。それが、シチュアシオンの感覚だと言っていい。私は、患者として、いつも自分の拙い返答の方を信用する事にしている。

——「読者」

歴史は、人類の巨大な恨みに似ていると小林は言う。
それは、われわれの愛惜の念であり、因果の鎖ではない。

小林は、子供に死なれた母親を例に出す。母親にとって、歴史事実とは、子供の死という出来事が、幾時、何処で、どういう原因で、どんな条件の下に起こったかという、単にそれだけのものではない。そこには、かけ代えのない命が、取り返しがつかず失われてしまったという感情が伴う。望みが打ち砕かれるところに、われわれは歴史の必然を経験する。抵抗するから、歴史の必然は現れる。

これは因果関係や史観といったものとなにも関係はない。われわれが日常生活において感じる素朴な歴史感情である。

ジャン＝ポール・サルトル
（1905～1980年）
フランスの哲学者、小説家、劇作家

痛みは伝達不可能だ。

哲学者のルネ・デカルト（一五九六～一六五〇年）に連なる一派を痛烈に批判したヴィーコは、理性万能主義に警鐘を鳴らし、共通感覚（センスス・コンムーニス）、要するに「常識」を擁護した。

それは一定の条件のもとで妥当になる「真らしいもの」であるが、先験的な真理を振りかざしそれを排除すれば、不都合が生じる。そもそも人間は、有限で不完全な存在だ。だから合理主義ですべてを割り切ることはできない。ヴィーコの言う「トピカ」とはまさにトポス（具体的な場所）において発生する共通感覚による判断のことである。

ベルグソンは「常識」から出発した。

イギリスの哲学者デイヴィッド・ヒューム（一七一一～七六年）もまた抽象により組み立てられた世界に警鐘を鳴らし、「コモン・ライフ」（現に暮らしているところ）を重視した。

シチュエーションは共通感覚を生み出す。

スイスの人だって、無論、自然の美しさを知らぬわけはなかったろうし、日本にはお月見の習慣があると説明すれば、理解しない事もあるまい。しかし、そんな事は、みな大雑把（おおざっぱ）な話であり、心の深みに這入（はい）って行くと、自然についての感じ方の、私たちとはどうしても違う質がある。これは口ではいえないものだし、またそれ故（ゆえ）に、私たちは、いかにも日本人らしく自然を感じているについて平素は意識もしない。――「お月見」

昔からの日本の文化にあるこまやかな感受性を現代の文化論は無視していると小林は批判する。日本人の感受性を美化するわけではない。ただ、文化とは体で摑むものであるということだ。
学問だけ進んでも、心の問題を忘れてしまったら話にならない。
われわれは先人と同じ月を見ている。
そのときにいくつかの和歌が浮かぶかもしれない。

西行の歌に託された仏教思想を云々（うんぬん）すれば、そのうちで観という言葉は死ぬが、例えば、「春風の花を散らすと見る夢はさめても胸の騒ぐなりけり」と歌われて、私達の胸中にも何ものかが騒ぐならば、西行の空観は、私達のうちに生きているわけでしょう。

――「私の人生観」

デイヴィッド・ヒューム
（1711～1776年）
イギリスの哲学者

仏教によって養われた自然や人生に対する観照的態度、審美的態度は、意外に深く私達の心に滲透しているのであって、丁度雑沓（ざっとう）する群集の中でふと孤独を感ずる様に、現代の環境のあわただしさの中で、ふと我に還るといった様な時に、私はよく、成る程と合点するのです。まるで遠い過去から通信を受けた様に感じます。決して私の趣味などではない。私はそうは思わぬ。正直に生きている日本人には、みんな経験がある筈だと思っています。人間は伝統から離れて決して生きる事は出来ぬものだからであります。
——同前

人生の謎

時期が来ないと見えてこないものもある。
子供は実体としての世界を信じている。
合理ですべてが解決すると素朴に信じている。
宗教は迷信だと思っている。
しかし、大人になるにつれ、意識は変容する。
言葉や概念で構築された世界のもろさを知る。
ゲーテは言う。

人間のそれぞれの年令に、一定の哲学が対応している。子供は実在論者だ。というのは、子供は自分の存在と同じようにナシやリンゴの存在を確信しているから。青年は内部の情熱に襲(おそ)われてはじめて自分の存在を予感し、自分を意識する。青年は観念論者へと変わるのである。しかし壮年は、懐疑論者となるあらゆる理由を持っている。自分が目的のために選んだ手段が正しいかどうか、疑わざるをえないのだ。選択をあやまって後悔しないために、行為の前に、行為と同時に、彼は当然知性をはたらかせなければならないのである。最後にしかし老年は、神秘主義者であることを常に告白するだろう。彼は多くのことが偶然に懸(かか)っているのを知る。非合理的なものが成功し、合理的なものが失敗する。

――『箴言と省察』

小林は言う。

人生の謎は、齢をとればとる程深まるものだ、とは何んと真実な思想であろうか。僕は、人生をあれこれと思案するについて、人一倍の努力をして来たとは思っていないが、思案を中断した事もなかったと思っている。そして、今僕はどんな動かせぬ真実を摑(つか)んでいるだろうか。すると僕の心の奥の方で「人生の謎は、齢をとればとる程深まる」とささやく者がいる。やがて、これは、例えばバッハの或るパッセージの様な、簡潔な目方のかかった感じの強い音になって鳴る。僕はドキンとする。

主題は既に現れた。僕はその展開部を待てばよい。それは次の様に鳴る。「謎はいよいよ裸な生き生きとしたものになって来る」。僕は、そうして来た。これからもそうして行くだろう。人生の謎は深まるばかりだ。併し謎は解けないままにいよいよ裸に、いよいよ生き生きと感じられて来るならば、僕に他の何が要ろう。

——「人生の謎」

時間をかけて丁寧に暮らすことで人は概念の限界を知る。

なぜ生まれてきたのか、死んだらどうなるのかさえ、人間は説明することができない。人間の脳の構造上、超越的な領域は必然的に発生する。

人間の心ほど多様で複雑なものはない。誰が人の心の不思議を知り得ようか。自分の心さえ知らないのに。知っていると思っているのは、経験の足りない馬鹿者か、思い上った悧(り)巧者(こうもの)だけだ。そういう痛切な経験が、神や仏という言葉を発明したと考えるのに、何も難かしい事はない。

——「感想」

宗教とは教理ではなく、祭儀という行動だったと小林は言う。

その期間は非常に長かった。

その間、宗教は文化の中心部にあった。

宣長は「やほよろづの神々」で十分であると考えたのだ。唯一神による統一などという考えは、後世の「さかしら」として峻拒した。私は賛成だね。神も亦われわれの如く雑多であり、敢えて言えばわれわれの如く有限でもある。その事が、神はわれわれを超える力を持つという事を妨げない。いや、まさにその故に私たちの宗教心は地についた確かなものとなる。この考えを、宣長は、神は人でもあるが、人は神ではないという言葉で言った。

——「交友対談」

近代の問題とは、「唯一神による統一」の問題である。

科学の悪用

小林は田舎道を歩いていた。大和三山が美しい。

それは、どのような歴史の設計図をもってしても、要約ができない美しさのように思われた。

一「万葉」の歌人等は、あの山の線や色合いや質量に従って、自分達の感覚や思想を調整したであろう。取り止めもない空想の危険を、僅かに抽象的論理によって、支えている私達現代人にとって、それは大きな教訓に思われる。

——「蘇我馬子の墓」

世の中は抽象的論理で成り立ってはいない。

宣長が言うように「意は二の次」である。

人間は、その音声によって判断出来る、又それが一番確かだ、誰もが同じ意味の言葉を喋るが、喋る声の調子の差異は如何ともし難く、そこだけがその人の人格に関係して、本当の意味を現す、この調子が自在に捕えられる様になると、人間的な思想とは即ちそれを言う調子であるという事を悟る、自分も頭脳的判断については、思案を重ねて来た者だが、遂には言わば無智の自覚に達した様である、其処まで達しないと、頭脳的判断というものは紛糾し、矛盾し、誤りを重ねるばかりだ、……。

——「年齢」

形、姿。

フォーム、トーン、文体。

顔、喋り方、立ち居振る舞い、箸の持ち方。

全体とは諸要素の連関である。

私は屢々思う事がある、もし科学だけがあって、科学的思想などという滑稽なものが一切消え失せたら、どんなにさばさばして愉快であろうか、と。合理的世界観という、科学という学問が必要とする前提を、人生観に盗用などしなければいいわけだ。科学を容認し、その確実な成果を利用している限り、理性はその分を守って健全であろう。

——「偶像崇拝」

政治に科学を持ち込んだ結果、地獄が発生した。
歴史に科学を持ち込んだ結果、過去は失われた。
近代人は合理の世界に幽閉された。
ゲーテは言う。

私は数学は適切な場合に利用されるかぎりにおいては、もっとも高級な、もっとも有益な学問として、尊敬している。しかし、およそ当該領域でもないことで、この高尚な学問を、たちまち無意味さが露呈してしまうようなことにまで誤用しようとするのは、感心できないよ。

——『ゲーテとの対話』

農薬は野菜を育てるために必要だが、カレーに入れれば人間は死ぬ。近代人が劣化し、自壊に向かっている理由も同じだ。

近代とは人間の解体運動であった。

その背後にプラトニズムとキリスト教を見出したのがニーチェだとしたら、小林は芸術という「実在をわたしたちに隠している一切のもの」に対する抵抗運動に最後の可能性を見出したのだった。

おわりに　この世に処する覚悟

小林は概念の背後にあるものを「見た」。

そしてそれを批評という形にした。

全体とは諸要素の集合ではなく、諸要素の連関である。

人間の顔は諸要素の関係性である。

人間が住む世界、歴史、政治……。こうした「動いているもの」を静止した概念で捉えようとしたのが近代という運動だった。

近代は「生きているもの」「動いているもの」を概念の檻の中に閉じ込め殺してしまった。

それでわれわれ近代人は目の前にあるものが見えなくなった。

形や姿を見る前に言葉が先に来る。

「新鮮」とラベルが貼ってあれば新鮮だと思い、「保守」とラベルが貼ってあれば保守だと思う。

だから、病んだもの、腐ったもの、いかがわしいものを選んでしまう。

小林は目の前にあるつまずきの石を見た。

人は、思索の上でも、問題という行手をはばむ障碍物（しょうがいぶつ）に、ぱったりと出くわすのである。忍耐強く正しく歩いていなければ、障碍物に出会う事さえ出来ないし、この障碍物の解決は、前途の安全を必ずしも保証しないであろう。だが、眼前の邪魔な石ころは、ともかくもどけねばならない。どけるとは、石ころの性質を理解する事に他ならず、又、この性質に未知なところが無ければ邪魔物になる筈（はず）もないのだから、その理解には、新しい方法の発見が強制される事もあろう。

――「感想」

小林は、目が見えていた人間の「手の技」を手掛かりに、「近代精神の最奥の暗所」へ、「づかづかと素足で踏み込」んでいった。

モオツァルトにとって制作とは、その場その場の取引であった。彼がそう望んだからである。

（中略）

彼は、その場その場の取引に一切を賭けた。即興は彼の命であったという事は、偶然のもの、未知のもの、予め用意した論理ではどうにも扱えぬ外部からの不意打ち、そういうものに面接する毎に、己れを根柢(こんてい)から新たにする決意が目覚めたという事なのであった。単なる即興的才の応用問題を解いたのではなかった。恐らく、それは、深く、彼のこの世に処する覚悟に通じていた。

——「モオツァルト」

小林の仕事もその場その場の「取引」だった。それは小林のこの世に処する覚悟に通じていた。古代ギリシャの哲学者ソクラテス（紀元前四六九年頃～紀元前三九九年）の「洞窟の比喩」について小林はこう述べる。

人間は皆生れてから死ぬまで洞窟の囚人であって、前面の壁に向って首は固定されていて、背後にある光源が見られないから、壁に映じた自分達の影の動きだけを実在の世界と信ぜざるを得ない。そう語るソクラテス自身も、プラトンの劇作法に従って読めば、洞窟の中にいるので、神様のような口を利(き)いているわけではないし、所謂(いわゆる)プラトニスムを講釈しているわけでもない。もし囚人のなかに一人変り者がいて、非常な努力をして、背後を振りかえり、光源を見たとしたら、彼は、人間達が影を見ているに過ぎない事を知るであろうが、闇に慣れていた眼が、光でやられるから、どうしても行動がおかしくなる。影の社会で、影に準じて作られた社会のしきたりの中では、胡乱臭い(うろんくさ)人物にならざるを得ない。

——「プラトンの『国家』」

狂った社会においては、正気を維持した人間が「狂人」のレッテルを貼られる。見たものを「見た」と言えば、社会からパージされる。小林がきちんと読まれてこなかった理由も同じだろう。そして少数の例外を除いて、これから先も小林がきちんと読まれることはないと思う。残念ながら近代社会とはそういうものだ。

ドラクロアはショパンを描き、マネはマラルメを描き、クールベはボードレールを描き、ルノアールはワグネルを描いた。ゴッホは郵便配達を、セザンヌは細君を。彼等は、自分の仲間しか描かなかった。当代に背いた人々、当代から脱落した人々しか描かなかった。もっと正確に言えば、それらは、皆、めいめいの自画像であった。

——『近代絵画』

小林も自分の仲間しか書かなかった。

それはゴッホの一生に似ている。

絵を描くとは、彼に言わせれば、何処（どこ）から落下して来るか解らぬ狂気に対する避雷針を持とうとする努力であった。無論、雷が避けられるかどうかは、彼には疑わしい事であった。だが、万が一、これを避ける事が出来るとすれば、逃避によってではない、出来るだけこれに近附いて、その来襲を直視する、緊張した意識によってであると彼は考えた。彼の傑作はみなこの「目もくらむような」視点の表現であった。静物であれ、風景であれ、実は自画像であった。

――「ゴッホの絵」

本書を読んで少しでも小林に興味を持ったなら、全集にあたってほしい。理解するのではなく、小林の文体に馴染むためだ。

参考文献

『小林秀雄全作品』(新潮社)
『小林秀雄全集』(新潮社)
『小林秀雄対話集』(講談社文芸文庫)
『この人を見よ　小林秀雄全集月報集成』新潮社小林秀雄全集編集室編(新潮文庫)
『ニーチェ全集』(ちくま学芸文庫)
『決定版　三島由紀夫全集』(新潮社)
『笑い／不気味なもの』アンリ・ベルクソン、ジークムント・フロイト／原章二訳(平凡社ライブラリー)
『兄　小林秀雄との対話　人生について』高見沢潤子(講談社文芸文庫)
『レクイエム　小林秀雄』吉田凞生編(講談社)
『ゲーテとの対話』エッカーマン／山下肇訳(岩波文庫)
『西洋の没落』オスヴァルト・シュペングラー／村松正俊訳(中公クラシックス)
『西洋の没落　文明と夜の思想家シュペングラーの生涯』八田恭昌(桃源選書)

『モネ　印象派の誕生』シルヴィ・パタン／高階秀爾監修、渡辺隆司、村上伸子訳（創元社）
『徒然草』吉田兼好（岩波文庫）
『死にいたる病　現代の批判』セーレン・キルケゴール／桝田啓三郎訳（中公クラシックス）
『政治における合理主義』マイケル・オークショット／嶋津格他訳（勁草書房）
『君主論』ニッコロ・マキアヴェリ／池田廉訳（中公クラシックス）
『学問の方法』ジャンバッティスタ・ヴィーコ／上村忠男、佐々木力訳（岩波文庫）
『大衆の反逆』オルテガ・イ・ガセット／神吉敬三訳（ちくま学芸文庫）
『全体主義の起原』ハンナ・アーレント／大久保和郎、大島かおり訳（みすず書房）
『暗黙知の次元』マイケル・ポランニー／高橋勇夫訳（ちくま学芸文庫）
『世界史的考察』ヤーコプ・ブルクハルト／新井靖一訳（ちくま学芸文庫）

●写真
安倍晋三／時事
マイケル・ジョセフ・オークショット／Library of the London School of Economics & Political Science
ハンナ・アレント、デイヴィッド・ヒューム／ゲッティイメージズ
O・A・G・シュペングラー／アマナイメージズ
その他は講談社写真資料センター

● JASRAC 出 1810155-801

適菜 収
1975年山梨県生まれ。作家。早稲田大学で西洋文学を学び、ニーチェを専攻。著書に、ニーチェの代表作『アンチクリスト』を現代語にした『キリスト教は邪教です！』、『ゲーテの警告　日本を滅ぼす「B層」の正体』、『ニーチェの警鐘　日本を蝕む「B層」の害毒』、『新編　はじめてのニーチェ』、『ミシマの警告　保守を偽装するB層の害毒』(以上、講談社+α新書)ほか著書多数。

講談社+α新書 246-6 A
小林秀雄の警告
近代はなぜ暴走したのか？
適菜 収
2018年10月18日第1刷発行

発行者―――渡瀬昌彦
発行所―――株式会社 講談社
東京都文京区音羽2-12-21 〒112-8001
電話 編集(03)5395-3522
販売(03)5395-4415
業務(03)5395-3615
デザイン―――鈴木成一デザイン室
カバー写真―――講談社写真資料センター
カバー印刷―――共同印刷株式会社
印刷―――豊国印刷株式会社
製本―――牧製本印刷株式会社
本文データ制作―――講談社デジタル製作

定価はカバーに表示してあります。

落丁本・乱丁本は購入書店名を明記のうえ、小社業務あてにお送りください。

送料は小社負担にてお取り替えします。

なお、この本の内容についてのお問い合わせは第一事業局企画部「＋α新書」あてにお願いいたします。

Printed in Japan
ISBN978-4-06-513733-8